AF547597

GRöLS
Verlage

„Bücher sind wie Fallschirme. Sie nützen uns nichts, wenn wir sie nicht öffnen."

Gröls Verlag

Redaktionelle Hinweise und Impressum

Das vorliegende Werk wurde zugunsten der Authentizität sehr zurückhaltend bearbeitet. So wurden etwa ursprüngliche Rechtschreibfehler *nicht* systematisch behoben, denn kleine Unvollkommenheiten machen das Buch – wie im Übrigen den Menschen – erst authentisch. Mitunter wurden jedoch zum Beispiel Absätze behutsam neu getrennt, um den Lesefluss zu erleichtern.

Um die Texte zu rekonstruieren, werden antiquarische Bücher von Lesegeräten gescannt und dann durch eine Software lesbar gemacht. Der so entstandene Text wird von Menschen gegengelesen und korrigiert – hierbei treten auch Fehler auf. Wenn Sie ebenfalls antiquarische Texte einreichen möchten, finden Sie weitere Informationen auf www.groels.de

Viel Freude bei der Lektüre wünscht Ihnen das Team des Gröls-Verlags.

Adressen

Verleger: Sophia Gröls, Im Borngrund 26, 61440 Oberursel

Externer Dienstleister für Distribution & Herstellung: BoD, In de Tarpen 42, 22848 Norderstedt

Unsere „Edition | Werke der Weltliteratur" hat den Anspruch, eine der größten und vollständigsten Sammlungen klassischer Literatur in deutscher Sprache zu sein. Nach und nach versammeln wir hier nicht nur die „üblichen Verdächtigen" von Goethe bis Schiller, sondern auch Kleinode der vergangenen Jahrhunderte, die – zu Unrecht – drohen, in Vergessenheit zu geraten. Wir kultivieren und kuratieren damit einen der wertvollsten Bereiche der abendländischen Kultur. Kleine Auswahl:

Francis Bacon • Neues Organon • **Balzac** • Glanz und Elend der Kurtisanen • **Joachim H. Campe** • Robinson der Jüngere • **Dante Alighieri** • Die Göttliche Komödie • **Daniel Defoe** • Robinson Crusoe • **Charles Dickens** • Oliver Twist • **Denis Diderot** • Jacques der Fatalist • **Fjodor Dostojewski** • Schuld und Sühne • **Arthur Conan Doyle** • Der Hund von Baskerville • **Marie von Ebner-Eschenbach** • Das Gemeindekind • **Elisabeth von Österreich** • Das Poetische Tagebuch • **Friedrich Engels** • Die Lage der arbeitenden Klasse • **Ludwig Feuerbach** • Das Wesen des Christentums • **Johann G. Fichte** • Reden an die deutsche Nation • **Fitzgerald** • Zärtlich ist die Nacht • **Flaubert** • Madame Bovary • **Gorch Fock** • Seefahrt ist not! • **Theodor Fontane** • Effi Briest • **Robert Musil** • Über die Dummheit • **Edgar Wallace** • Der Frosch mit der Maske • **Jakob Wassermann** • Der Fall Maurizius • **Oscar Wilde** • Das Bildnis des Dorian Grey • **Émile Zola** • Germinal • **Stefan Zweig** • Schachnovelle • **Hugo von Hofmannsthal** • Der Tor und der Tod • **Anton Tschechow** • Ein Heiratsantrag • **Arthur Schnitzler** • Reigen • **Friedrich Schiller** • Kabale und Liebe • **Nicolo Machiavelli** • Der Fürst • **Gotthold E. Lessing** • Nathan der Weise • **Augustinus** • Die Bekenntnisse des heiligen Augustinus • **Marcus Aurelius** • Selbstbetrachtungen • **Charles Baudelaire** • Die Blumen des Bösen • **Harriett Stowe** • Onkel Toms Hütte • **Walter Benjamin** • Deutsche Menschen • **Hugo Bettauer** • Die Stadt ohne Juden • **Lewis Caroll** • *und viele mehr….*

Thomas Morus

Utopia

Inhalt

Vorrede

zu dem Werke über den besten Zustand des Staates

Thomas Morus grüßt seinen Peter Ägid aufs herzlichste.

Fast schäme ich mich, mein liebster Peter Ägid, daß ich Dir dies Büchlein über den Staat von Utopien erst nach beinahe einem Jahre schicke. Hast Du es doch ohne Zweifel innerhalb von anderthalb Monaten erwartet, da mir ja, wie Du wußtest, bei diesem Werke die Mühe der Erfindung des Stoffes abgenommen war und ich mir auch in betreff der Gliederung nichts auszudenken brauchte. Denn ich hatte nur das wiederzugeben, was ich mit Dir zusammen Raphael gerade so hatte erzählen hören. Deshalb lag auch kein Anlaß vor, mich hinsichtlich des Stiles abzumühen. Raphael konnte sich ja gar nicht gesucht ausdrücken; denn erstens sprach er, ohne daß er es vorher wußte und sich vorbereiten konnte, sodann ist er, wie Du weißt, im Lateinischen nicht so zu Hause wie im Griechischen, und schließlich kommt meine Rede der Wahrheit um so näher, je mehr sie sich seiner nachlässigen und schlichten Ausdrucksweise nähert, und um die Wahrheit allein muß und will ich mich bei dieser Sache kümmern.

Ich gebe denn auch zu, mein Peter, das, was ich vorfand, hatte mir so viel Arbeit abgenommen, daß fast nichts mehr zu tun übrigblieb. Andernfalls hätte ja auch Erfindung oder Gliederung des Stoffes nicht wenig Zeit und Studium eines nicht unbedeutenden und recht gelehrten Geistes erfordert. Würde man nun nicht bloß eine der Wahrheit entsprechende, sondern auch geschmackvolle Darstellung verlangen, so hätte ich das nicht leisten können, auch wenn ich all meine Zeit und all meinen Eifer aufgewendet hätte. So aber, da diese Schwierigkeiten wegfielen, die zu bewältigen viel Schweiß gekostet hätte, blieb einzig und allein die einfache Aufzeichnung dessen übrig, was ich gehört hatte, und das war wirklich keine Arbeit mehr. Aber selbst zur Erledigung dieser so unbedeutenden Arbeit ließen mir meine übrigen Geschäfte fast noch weniger als keine Zeit. Nehmen mich doch dauernd meine Gerichtssachen in Anspruch. Bald führe ich einen Prozeß, bald bin ich Beisitzer, bald schlichte ich einen Handel als Schiedsrichter, bald entscheide ich einen anderen als Richter, bald besuche ich diesen in einer amtlichen, bald jenen in einer geschäftlichen Angelegenheit. Während ich so fast den ganzen Tag außerhalb meines Hauses fremden Leuten und nur den Rest meinen Angehörigen widme, kann ich für mich, d. h. für meine Studien, nichts erübrigen. Denn komme ich nach Hause, so muß ich mit meiner Frau plaudern, mit den Kindern schwatzen und mit dem Gesinde sprechen. Alles das rechne ich zu meinen Pflichten, weil es erledigt werden muß. Es muß aber erledigt werden, wenn man nicht in seinem eigenen Hause ein Fremdling sein will. Man muß sich überhaupt Mühe geben, so liebenswürdig wie möglich zu denen zu sein, die einem die Natur als Begleiter auf dem Lebenswege vorgesehen oder die der Zufall oder eigene Wahl dazu gemacht hat. Nur darf man sie nicht durch Leutseligkeit verderben und die Diener nicht durch Nachsicht zu seinen Herren werden lassen. Über dem, was ich angeführt habe, geht ein Tag, geht ein Monat, geht ein Jahr hin. Wann also komme ich da zum Schreiben? Und dabei habe ich noch gar nicht vom Schlafen gesprochen und auch noch nicht einmal vom Essen, das bei vielen Leuten nicht weniger Zeit in Anspruch nimmt als der Schlaf, der fast die Hälfte der Lebenszeit für sich beansprucht. Aber für mich gewinne ich nur so viel Zeit, wie ich mir vom Schlafen und Essen abstehle. Weil das nur wenig ist, so habe ich die Utopia auch nur langsam fertiggebracht; weil es aber immerhin etwas ist, so ist sie doch nun endlich fertig geworden, und ich schicke sie Dir zu, damit Du sie liest und mich darauf aufmerksam machst, falls mir etwas entgangen sein sollte. Nun habe ich freilich in dieser Beziehung ziemlich viel Zutrauen zu mir – ich wollte, mit meinem Geiste und mit meinem Wissen stünde es ebenso wie mit meinem Gedächtnis, das mich nur manchmal im Stiche läßt –, doch ist mein Zutrauen nicht so groß, daß ich annehmen dürfte, mir könnte nichts entfallen sein. Denn auch mein Famulus, Johannes Clemens, hat mich sehr bedenklich gestimmt. Wie Du ja wohl weißt, war er damals dabei, und ich lasse ihn an jeder Unterhaltung teilnehmen, aus der er etwas lernen kann; denn von diesem Schößling, der im Lateinischen wie im Griechischen zu grünen begonnen hat, erhoffe ich dereinst einen guten Ertrag. Soviel ich mich nämlich erinnere, hat Hythlodeus erzählt, jene Brücke von Amaurotum über den Fluß Anydrus sei 500 Doppelschritte lang. Mein Johannes aber meinte, man müsse 200 abziehen; der Fluß sei dort nicht breiter als 300 Doppelschritte. Besinne Dich doch bitte noch einmal darauf! Wenn Du nämlich der gleichen Meinung bist wie Johannes, so will auch ich zustimmen und einen Irrtum meinerseits annehmen. Solltest Du aber selbst Dich nicht mehr besinnen können, so bleibt stehen, worauf ich mich selbst zu besinnen glaube. Wenn ich mich nämlich auch vor jeder falschen Angabe in dem Buche streng hüten will, so ziehe ich doch in Zweifelsfällen die Unwahrheit der Lüge vor, weil ich Tugend höher schätze als Klugheit. Freilich wäre dieser Schaden leicht zu heilen, wenn Du Raphael selbst mündlich oder schriftlich fragen wolltest. Das mußt Du sowieso tun wegen eines anderen Bedenkens, das uns gekommen ist, ich weiß nicht, ob mehr durch meine oder Deine oder Raphaels eigene Schuld. Denn weder ist es uns in den Sinn gekommen, danach zu fragen, noch ihm, es uns zu sagen, in welcher Gegend jenes neuen Erdteils Utopia liegt. Wahrhaftig, wie gern würde ich mit etwas Geld von mir diese Unterlassung ungeschehen machen! Denn erstens schäme ich mich ein wenig, nicht zu wissen, in welchem Meere die Insel liegt, von der ich so viel zu berichten weiß; sodann aber gibt es bei uns den einen und den anderen, vor allem aber einen frommen Theologen von Beruf, der darauf brennt, Utopia zu besuchen, nicht aus eitlem und neugierigem Verlangen, Neues zu sehen, sondern um die verheißungsvollen Keime unserer Religion dort zu pflegen und noch zu vermehren. Um dabei ordnungsgemäß zu verfahren, hat er beschlossen, sich vorher einen Missionsauftrag vom Papste zu verschaffen und sich von den Utopiern sogar zum Bischof wählen zu lassen. Dabei stört es ihn durchaus nicht, daß er sich um dieses Vorsteheramt erst bewerben müßte. Allerdings ist sein Ehrgeiz, wie er meint, deshalb gottgefällig, weil er nicht durch Rücksicht auf Ehre oder Gewinn, sondern durch Rücksicht auf die Religion bedingt ist.

Deshalb wende Dich, mein Peter, ich bitte Dich darum, entweder mündlich, wenn es Dir ohne Umstände möglich ist, oder brieflich an Hythlodeus und sorge dafür, daß in diesem meinen Werke nichts Falsches steht oder nichts Wahres vermißt wird. Und vielleicht ist es besser, ihm das Buch selbst zu zeigen. Einerseits nämlich ist niemand anders ebenso imstande, einen etwaigen Irrtum zu berichtigen, anderseits kann er das selbst auch nur, wenn er durchliest, was ich geschrieben habe. Außerdem wirst Du auf diese Weise merken, ob er damit einverstanden ist, daß ich dieses Buch schreibe, oder ob er ärgerlich darüber ist. Falls er sich nämlich vorgenommen hat, seine Abenteuer selbst aufzuzeichnen, so möchte er vielleicht nicht – und ich bestimmt auch nicht –, daß ich ihm Duft und Reiz seiner Erzählung im voraus wegnehme, indem ich den Staat Utopia allgemein bekanntwerden lasse. Allerdings bin ich, wenn ich ganz offen sein soll, auch mir selber noch nicht recht im klaren, ob ich das Buch überhaupt erscheinen lasse. Denn der Geschmack der Menschen ist so verschieden, und manche sind so eigensinnig, so undankbar und so unsinnig in ihrem Urteil, daß offenbar die Leute viel glücklicher sind, die in Freude und Frohsinn ihr eigenes Ich befriedigen, als diejenigen, die sich zermürben in dem Bestreben, etwas zu veröffentlichen, was für andere, die wählerisch oder undankbar sind, ein Nutzen oder ein Vergnügen sein könnte. Die meisten haben keinen Sinn für literarische Dinge; viele verachten sie; ein Barbar lehnt alles als schwer ab, was nicht gänzlich barbarisch ist; gelehrte Pedanten verschmähen alles als abgegriffen, was nicht von veralteten Ausdrücken strotzt; manchen gefällt nur das Alte, den meisten nur das eigene Wissen. Dieser ist so mürrisch, daß er von Scherzen nichts wissen will, dieser wieder so fade, daß er keine Witze verträgt; manche sind so plattnasig, daß sie jedes Naserümpfen scheuen wie ein von einem tollen Hund Gebissener das Wasser, andere wieder sind so wetterwendisch, daß sie im Sitzen etwas anderes gelten lassen als im Stehen. Manche sitzen in den Kneipen, urteilen am Biertisch über die Talente der Schriftsteller und verurteilen sie mit großem Nachdruck, ganz wie es ihnen beliebt, indem sie einen jeden in seinen Schriften gleichsam beim Schopfe nehmen und ihn zausen, wobei sie selbst aber vor der Hand in Sicherheit und, wie man so sagt, weit vom Schuß sind. Denn rundum sind sie so glatt und kahlgeschoren, daß sie auch nicht ein Härchen eines guten Mannes an sich haben, an dem man sie fassen könnte. Ferner gibt es Leute, die so undankbar sind, daß sie sich zwar ausgiebig an einem Werke ergötzen, dem Verfasser aber trotzdem keine größere Liebe entgegenbringen. Sie ähneln den unhöflichen Gästen, die sich mit einem üppigen Mahle bewirten lassen und dann gesättigt heimgehen, ohne dem, der sie eingeladen hat, ein Wort des Dankes zu sagen. Nun geh hin und richte für Leute mit so verwöhntem Gaumen, von so verschiedenem Geschmack und noch dazu von so dankbarer und lieber Gesinnung auf Deine eigenen Kosten ein Mahl her!

Aber gleichwohl, mein Peter, besprich, was ich Dir gesagt habe, mit Hythlodeus! Später aber kann man sich ja diese Frage der Veröffentlichung noch einmal überlegen. Sollte er indessen nichts dagegen haben, so will ich bei dem, was die Herausgabe noch erfordert, dem Rate meiner Freunde folgen und vor allem Deinem, da ich nun einmal die Mühe des Schreibens hinter mir habe und jetzt erst verspätet zur Einsicht komme. Lebe wohl, mein liebster Peter Ägid, nebst Deiner guten Frau und behalte mich auch weiterhin lieb, da ja auch ich Dich noch lieber habe, als es sonst meine Gewohnheit ist!

Erstes Buch

Rede des trefflichen Raphael Hythlodeus über den besten Zustand des Staates, veröffentlicht von dem erlauchten Thomas Morus, Bürger und Vicecomes der rühmlich bekannten britischen Hauptstadt London.

Kürzlich hatte der siegreiche König von England Heinrich, der achte dieses Namens, ein mit allen Tugenden eines hervorragenden Fürsten gezierter Herrscher, einige nicht belanglose Meinungsverschiedenheiten mit Karl, dem erhabenen König von Kastilien. Zu den Verhandlungen darüber und zur Beilegung dieser Streitigkeiten schickte mich König Heinrich als Abgesandten nach Flandern, und zwar zusammen mit dem unvergleichlichen Cuthbert Tunstall, den der König erst kürzlich unter überaus starkem und allgemeinem Beifall mit dem Amte des Archivars betraut hat. Über seine Vorzüge will ich nichts sagen, nicht als ob ich fürchtete, infolge unserer Freundschaft könnte mein Urteil zu wenig den Tatsachen entsprechen, sondern weil seine Tüchtigkeit und Gelehrsamkeit größer ist, als ich sie rühmen könnte, und außerdem überall bekannter und berühmter, als daß sie noch gerühmt zu werden brauchte, ich müßte denn, wie man sagt, die Sonne mit der Laterne zeigen wollen. In Brügge trafen wir – so war es verabredet – die Beauftragten des Königs Karl, alles treffliche Männer. Unter ihnen befand sich der Präfekt von Brügge, ein hochangesehener Mann, der Führer und das Haupt der Abordnung; ihr Sprecher und ihre Seele jedoch war Georg Temsicius, der Propst von Cassel, ein Redner von einer nicht nur erworbenen, sondern auch angeborenen Beredsamkeit, außerdem ein überaus erfahrener Jurist und im Verhandeln ein vortrefflicher Meister durch seine Begabung und beständige Praxis. Ein und das andere Mal kamen wir zusammen, ohne in gewissen Fragen eine rechte Einigung zu erzielen. Da verabschiedeten sich die anderen für einige Tage von uns und reisten nach Brüssel, um sich bei ihrem Fürsten Bescheid zu holen. Inzwischen begab ich mich – die Geschäfte brachten es so mit sich – nach Antwerpen. Während meines Aufenthaltes dort kam häufig außer anderen, aber immer als liebster Besucher, Peter Ägid aus Antwerpen zu mir. Er genießt großes Vertrauen bei seinen Landsleuten und nimmt eine angesehene Stellung ein, verdient aber die angesehenste. Man weiß nämlich nicht, wodurch sich der junge Mann mehr auszeichnet, ob durch seine Bildung oder seinen Charakter; ist er doch ein sehr guter Mensch und zugleich ein großer Gelehrter, außerdem ein Mann von lauterer Gesinnung gegen alle, seinen Freunden gegenüber aber von solcher Herzlichkeit, Liebe, Treue und aufrichtigen Neigung, daß man kaum einen oder den anderen irgendwo findet, den man als einen ihm in jeder Beziehung gleichwertigen Freund bezeichnen möchte. Er besitzt eine seltene Bescheidenheit; niemandem liegt Verstellung so fern wie ihm; niemand ist schlichter und zugleich klüger. Ferner kann er sich so gefällig und harmlos-witzig unterhalten, daß der so angenehme Umgang und die so liebe Plauderei mit ihm zu einem großen Teile mich die Sehnsucht nach der Heimat und dem heimischen Herd, nach meiner Frau und meinen Kindern leichter ertragen ließ; denn schon damals war ich über vier Monate von daheim fort, und in überaus beängstigender Weise quälte mich das Verlangen, sie wiederzusehen.

Eines Tages hatte ich in der wunderschönen und vielbesuchten Liebfrauenkirche am Gottesdienst teilgenommen und schickte mich an, nach Beendigung der Feier von dort in meine Herberge zurückzukehren, da sehe ich Peter zufällig sich mit einem Fremden unterhalten, einem älteren Manne mit sonnverbranntem Gesicht und langem Bart. Der Mantel hing ihm nachlässig von der Schulter herab, und seinem Aussehen und seiner Kleidung nach war er ein Seemann. Sobald mich Peter erblickte, kam er auf mich zu und grüßte. Als ich antworten wollte, nahm er mich ein wenig beiseite und fragte: „Siehst du den da?“ Dabei zeigte er auf den, mit dem ich ihn hatte sprechen sehen. „Den wollte ich gerade jetzt zu dir bringen.“ – „Er wäre mir sehr willkommen gewesen“, antwortete ich, „und zwar deinetwegen.“ – „Nein“, sagte er, „vielmehr seinetwegen, wenn du den Mann nur schon kenntest. Denn niemand in der ganzen Welt kann dir heutzutage so viel von unbekannten Menschen und Ländern erzählen, und, wie ich weiß, bist du ja ganz versessen darauf, so etwas zu hören.“ – „Also war meine Vermutung“, sagte ich, „gar nicht so falsch. Denn gleich auf den ersten Blick habe ich ihn als Seemann erkannt.“ – „Und doch hast du dich stark geirrt; er fährt wenigstens nicht als Palinurus, sondern als Odysseus oder vielmehr als Plato. Denn dieser Raphael – so heißt er nämlich, und sein Familienname ist Hythlodeus – ist nicht wenig bewandert im Lateinischen und sehr bewandert im Griechischen, und zwar hat er die griechische Sprache deshalb mehr getrieben als die der Römer, weil er sich ganz der Philosophie gewidmet und erkannt hatte, daß auf dem Gebiete der Philosophie im Lateinischen nichts von irgendwelcher Bedeutung vorhanden ist außer einigem von Seneca und Cicero. Dann überließ er sein vom Vater ererbtes Gut, in dem er wohnte, seinen Brüdern, schloß sich – er ist nämlich Portugiese – dem Amerigo Vespucci an, um sich die Welt anzusehen, und war dessen ständiger Begleiter auf den drei letzten seiner vier Seereisen, die man schon hier und da gedruckt lesen kann. Von der letzten jedoch kehrte er nicht mit ihm zurück. Er bemühte sich vielmehr darum und erpreßte von Amerigo die Erlaubnis, zu jenen vierundzwanzig zu gehören, die am Ende der letzten Seereise in einem Kastell zurückgelassen wurden. So blieb er denn dort zurück, entsprechend seiner Sinnesart, die mehr nach einem Aufenthalte in fremdem Lande als nach einem Grabmale verlangt. Führt er doch dauernd solche Sprüche im Munde wie ›Unter dem Himmelsgewölbe ruht, wer keine Urne hat‹ und ›Zum Himmel ist es von überall her gleich weit‹. Dieser Wagemut wäre ihm ohne Gottes gnädigen Beistand nur allzu teuer zu stehen gekommen. Nach Vespuccis Abreise durchstreifte er dann zusammen mit fünf Kameraden aus dem Kastell zahlreiche Länder und gelangte schließlich durch einen wunderbaren Zufall nach Taprobane und von dort nach Caliquit. Hier hatte er das Glück, portugiesische Schiffe anzutreffen, auf denen er schließlich wider Erwarten heimkehrte."

Als Peter mit seiner Erzählung fertig war, dankte ich ihm für seine Gefälligkeit und seine Bemühungen, mir die Unterhaltung mit einem Manne zu ermöglichen, die mir seiner Meinung nach willkommen war, und wandte mich Raphael zu. Wir begrüßten einander, wechselten jene bei der ersten Begegnung mit Fremden allgemein üblichen Redensarten und gingen dann in meine Wohnung. Hier setzten wir uns im Garten auf eine Rasenbank und fingen an, miteinander zu plaudern.

Da erzählte uns denn Raphael, wie er es zusammen mit seinen im Kastell zurückgebliebenen Kameraden nach Vespuccis Abreise angestellt habe, durch Freundlichkeiten und Schmeicheleien allmählich die Zuneigung der Eingeborenen zu gewinnen, nicht nur ohne Gefahr, sondern auch in Freundschaft unter ihnen zu leben und damit auch noch die Gunst und Wertschätzung eines Fürsten – sein und seines Landes Name sei ihm entfallen – zu erlangen. In seiner Freigebigkeit – so erzählte er weiter – versah dieser ihn und fünf seiner Kameraden reichlich mit Lebensmitteln und Geld für eine Expedition, die sie dann zu Wasser mit Fahrzeugen und zu Lande mit Wagen unternahmen und auf der sie ein höchst zuverlässiger Führer zu anderen Fürsten geleitete, an die sie warme Empfehlungsschreiben mithatten. Dann gelangten sie nach einer Reise von vielen Tagen zu festen Plätzen, Städten und gar nicht schlecht eingerichteten volkreichen Staaten. Zwar liegen unter dem Äquator, wie Raphael erzählte, und von da aus auf beiden Seiten etwa bis zur Grenze der Sonnenbahn wüste und der dörrenden Sonnenglut dauernd ausgesetzte Einöden: Unwirtlichkeit ringsum und ein trostloser Anblick, abschreckend alles und unkultiviert, Schlupfwinkel von wilden Tieren und Schlangen oder schließlich auch von Menschen, die Bestien weder an Wildheit noch an Gefährlichkeit nachstehen. Fährt man aber weiter, so wird alles allmählich milder: das Klima weniger rauh, die Erde von einladendem Grün schimmernd, zahmer die Natur der Lebewesen. Endlich bekommt man Menschen, Städte und feste Plätze zu Gesicht, und unter ihnen herrscht ein ununterbrochener Handelsverkehr, nicht nur untereinander und mit den Nachbarn, sondern auch mit fernen Völkern, und zwar zu Wasser und zu Lande.

Dadurch bot sich für Raphael die Gelegenheit, viele Länder diesseits und jenseits des Meeres zu besuchen; denn jedes Schiff, das ausgerüstet wurde, nahm ihn und seine Begleiter sehr gern mit. Wie er erzählte, hatten die Schiffe, die sie in den ersten Ländern zu sehen bekamen, flache Kiele und Segel aus zusammengenähten Papyrusblättern oder aus Weidengeflecht, anderswo auch aus Häuten. Auf der Weiterfahrt begegneten sie Schiffen mit spitzgeschnäbelten Kielen und Segeln aus Hanf; am Ende war alles so wie bei uns. Die Seeleute waren nicht unerfahren in Meeres- und Himmelskunde. Aber einen außerordentlichen Dank erntete Raphael dafür, daß er sie im Gebrauch des Kompasses unterwies, den sie bis dahin überhaupt noch nicht kannten. Deshalb hatten sie sich auch nur zaghaft ans Meer gewöhnt und vertrauten sich ihm nicht ohne Grund nur im Sommer an. Jetzt aber achten die Seeleute im Vertrauen auf den Magnetstein die Gefahren des Winters gering, allerdings mehr sorglos als gefahrlos. Daher besteht die Gefahr, diese Erfindung, die ihnen, wie man glaubte, großen Vorteil bringen werde, könne infolge ihrer Unvorsichtigkeit große Schäden verursachen.

Was Raphael an den einzelnen Orten, wie er erzählte, gesehen hat, das alles hier mitzuteilen, würde zu weit führen und ist auch nicht der Zweck dieses Buches. Vielleicht werde ich es einmal an anderer Stelle erzählen, besonders alles das, dessen Kenntnis von Nutzen ist, wie z. B. in erster Linie die richtigen und klugen politischen Maßnahmen, die er bei gesitteten Völkern wahrgenommen hat. In betreff dieser Dinge befragten wir ihn nämlich am meisten, und über sie sprach er auch am liebsten, während wir es vorläufig unterließen, uns nach Ungeheuern zu erkundigen, dem Langweiligsten, das es gibt. Denn Scyllen und räuberische Celänonen, menschenfressende Lästrygonen und dergleichen abscheuliche Ungeheuer sind fast überall zu finden, aber Bürger, die in einem vernünftig und weise geleiteten Staate leben, wohl nirgends. Wenn er nun aber auch bei jenen unbekannten Völkern viele verkehrte Einrichtungen wahrgenommen hat, so hat er doch auch nicht weniges aufgezählt, was als Beispiel dienen kann, die Fehler unserer Städte, Nationen, Völker und Herrschaften zu verbessern, und worüber ich, wie gesagt, an anderer Stelle einmal sprechen muß. Jetzt will ich nur seinen Bericht über Sitten und Einrichtungen der Utopier wiedergeben, wobei ich jedoch das Gespräch vorausschicke, in dessen Verlauf ihn eine Wendung dazu veranlaßte, diesen Staat zu erwähnen.

Mit großer Klugheit hatte Raphael aufgezählt, was hier und dort falsch war – sicherlich war es sehr viel auf beiden Seiten des Ozeans –, dann aber auch, welche Maßnahmen bei uns und ebenso bei jenen anderen verständiger sind. Er hatte nämlich Sitten und Einrichtungen eines jeden Volkes so fest im Gedächtnis, als hätte er an jedem von ihm besuchten Orte sein ganzes Leben zugebracht. Da staunte Peter und meinte: „Ich muß mich in der Tat wundern, mein Raphael, daß du nicht in die Dienste eines Königs trittst; denn das weiß ich zur Genüge: es gibt keinen, dem du nicht sehr willkommen wärest, da du es mit diesem deinen Wissen und dieser deiner Kenntnis von Gegenden und Menschen verstehst, ihn nicht bloß zu unterhalten, sondern auch durch Beispiele zu belehren und ihm mit deinem Rat zu helfen. Auf diese Weise könntest du für dich selbst ausgezeichnet sorgen und zugleich allen deinen Angehörigen sehr nützen."

„Was meine Angehörigen betrifft", erwiderte Raphael, „so kümmern die mich wenig; ihnen gegenüber habe ich nämlich, wie ich glaube, meine Pflicht so ziemlich erfüllt. Denn was andere erst, wenn sie alt und krank sind, abtreten, ja sogar auch dann nur ungern, wenn sie es nicht länger behalten können, das habe ich unter meine Verwandten und Freunde verteilt, und zwar zu einer Zeit, da ich nicht mehr bloß gesund und frisch war, sondern sogar schon in jungen Tagen. Sie müßten also, meine ich, mit meiner Freigebigkeit eigentlich zufrieden sein und dürften nicht außerdem noch verlangen und erwarten, daß ich mich ihretwegen einem König als Knecht verdinge."

„Halt!" sagte da Peter. „Ich meinte, du solltest nicht ein Knecht, sondern ein Diener von Königen werden."

„Das ist nur ein ganz kleiner Unterschied", antwortete Raphael.

„Wie du die Sache auch nennen magst", sagte da Peter, „ich bin jedenfalls der Ansicht, daß das der Weg ist, nicht nur anderen in persönlichem und öffentlichem Interesse zu nützen, sondern auch deine eigene Lage glücklicher zu gestalten."

„Glücklicher? auf einem Wege, vor dem mir graut?" fragte Raphael. „Jetzt lebe ich, ganz wie es mir beliebt, und das ist, wie ich sicher vermute, bei den wenigsten Fürstendienern der Fall. Es gibt ja auch genug Leute, die sich um die Freundschaft der Mächtigen bemühen. Da sollte man es nicht für einen großen Verlust halten, wenn diese auf mich und den einen oder den anderen meinesgleichen verzichten müssen."

„Es ist klar, mein Raphael", erwiderte ich, „daß du weder nach Reichtum noch nach Macht verlangst. Und fürwahr, einen Mann von dieser deiner Gesinnung verehre und achte ich nicht weniger als irgendeinen der Mächtigsten. Indessen wirst du, wie mir scheint, durchaus deiner selbst und deiner edlen Gesinnung, ja eines wahren Philosophen würdig handeln, wenn du es fertig brächtest, selbst unter Verzicht auf etwas persönliche Bequemlichkeit, deine Begabung und deinen Eifer dem

Wohle des Gemeinwesens zu widmen. Das könntest du aber niemals mit so großem Erfolge tun, als wenn du zum Rate eines großen Fürsten gehörtest und ihm richtige und gute Ratschläge erteiltest, und das würdest du ja, wie ich sicher weiß, tun. Denn ein Fürst ist gleichsam ein nie versiegender Quell, von dem sich ein Sturzbach alles Guten und Bösen auf das ganze Volk ergießt. Dein theoretisches Wissen aber ist so vollkommen, daß du gar keine große praktische Erfahrung nötig hast, und deine Lebenserfahrung anderseits so groß, daß du gar kein theoretisches Wissen brauchst, um einen ausgezeichneten Ratgeber jedes beliebigen Königs abzugeben."

„Da befindest du dich in einem doppelten Irrtum, mein lieber Morus", erwiderte Raphael, „einmal hinsichtlich meiner und sodann hinsichtlich der Sache selbst. Ich besitze nämlich gar nicht die Fähigkeit, die du mir zuschreibst, und auch wenn ich sie im höchsten Grade besäße, würde ich doch selbst durch den Verzicht auf meine Muße den Interessen des Staates in keinerlei Weise dienen. Erstens nämlich beschäftigen sich die Fürsten selbst alle zumeist lieber mit militärischen Dingen, von denen ich nichts verstehe und auch nichts verstehen möchte, als mit den segensreichen Künsten des Friedens, und weit größer ist ihr Eifer, sich durch Recht oder Unrecht neue Reiche zu erwerben als die schon erworbenen gut zu verwalten. Ferner ist von allen Ratgebern der Könige jeder entweder in Wahrheit so weise, daß er den Rat eines anderen nicht braucht, oder er dünkt sich so weise, daß er ihn nicht gutheißen mag. Dabei pflichten sie unter schmarotzerischen Schmeicheleien den ungereimtesten Äußerungen derer bei, die bei dem Fürsten in höchster Gunst stehen und die sie sich deshalb durch ihre Zustimmung verpflichten wollen. Und gewiß ist es ganz natürlich, daß einem jeden seine eigenen Einfälle zusagen. So findet der Rabe ebenso wie der Affe am eigenen Jungen seinen Gefallen. Wenn aber jemand im Kreise jener Leute, die auf fremde Meinungen eifersüchtig sind oder die eigenen vorziehen, etwas vorbringen sollte, das, wie er gelesen hat, zu anderer Zeit vorgekommen ist oder das er anderswo gesehen hat, so benehmen sich die Zuhörer gerade so, als ob der ganze Ruf ihrer Weisheit gefährdet wäre und als ob man sie danach für Narren halten müßte, wenn sie nicht imstande sind, etwas zu finden, was sie an dem von den anderen Gefundenen schlecht machen können. Wenn sie keinen anderen Ausweg wissen, so nehmen sie ihre Zuflucht zu Redensarten wie: So hat es unseren Vorfahren gefallen; wären wir doch ebenso klug wie sie! Und nach einem solchen Ausspruch setzen sie sich hin, als hätten sie damit die Sache völlig und trefflich erledigt. Gerade als ob es eine große Gefahr bedeutete, wenn sich jemand dabei ertappen läßt, in irgend etwas gescheiter zu sein als seine Vorfahren! Und doch lassen wir alle ihre guten Einrichtungen mit großem Gleichmut gelten; wenn sie aber bei irgend etwas hätten klüger zu Werke gehen können, so ergreifen wir sofort gierig diese Gelegenheit und halten hartnäckig daran fest. Das ist auch die Quelle dieser hochmütigen, sinnlosen und eigensinnigen Urteile, auf die ich schon oft gestoßen bin, besonders aber auch einmal in England.“

„Hör einmal!“ rief ich da, „du bist auch bei uns gewesen?“

„Allerdings“, antwortete er, „und zwar habe ich mich dort einige Monate aufgehalten, nicht lange nach jener Niederlage, die den Bürgerkrieg Westenglands gegen den König durch eine beklagenswerte Niedermetzelung der Aufständischen gewaltsam beendete. In jener Zeit hatte ich dem ehrwürdigen Vater Johannes Morton, dem Erzbischof von Canterbury, Kardinal und damals auch noch Lordkanzler von England, viel zu danken, einem Manne, lieber Peter – dem Morus erzähle ich damit nichts Neues –, den man nicht weniger wegen seiner Klugheit und Tüchtigkeit als wegen seines Ansehens verehren muß. Er war von mittlerer Statur, sein Rücken war von seinem, wenn auch hohen Alter noch nicht gebeugt; seine Miene flößte Ehrfurcht, nicht Scheu ein. Im Verkehr war er nicht unzugänglich, aber doch ernst und würdevoll. Er fand ein Vergnügen daran, Bittsteller bisweilen etwas schroffer anzureden, aber nicht etwa in böser Absicht, sondern um die Sinnesart und Geistesgegenwart eines jeden auf die Probe zu stellen. Über letztere Eigenschaft, die ihm ja selber gleichsam angeboren war, freute er sich stets, wofern keine Unverschämtheit damit verbunden war, und sie schätzte er als geeignet zu der Führung der Geschäfte. Seine Rede zeugte von feiner Bildung und Energie; seine Rechtserfahrung war groß, seine Begabung unvergleichlich, sein Gedächtnis geradezu fabelhaft stark. Diese ausgezeichneten Naturanlagen vervollkommnete er noch durch Studium und Übung. Seinen Ratschlägen schenkte der König, wie es schien, während meiner Anwesenheit das größte Vertrauen, und sie waren eine starke Stütze für den Staat. Denn in frühester Jugend und gleich von der Schule weg an den Hof gebracht, war er sein ganzes Leben lang in den wichtigsten Geschäften tätig gewesen und von mannigfachen Schicksalsstürmen beständig hin und her geworfen worden, und dadurch hatte er sich unter vielen großen Gefahren eine Lebensklugheit erworben, die nur schwer wieder verlorengeht, wenn sie auf diese Weise gewonnen wird.

Als ich eines Tages an seiner Tafel saß, wollte es der Zufall, daß einer von euren Laienjuristen zugegen war. Dieser begann – ich weiß nicht, wie er darauf kam –, eifrig jene strenge Justiz zu loben, die man damals in England Dieben gegenüber übte. Wie er erzählte, wurden allenthalben bisweilen zwanzig an *einem* Galgen aufgehängt. Da nur sehr wenige der Todesstrafe entgingen, wundere er sich, so meinte er, um so mehr, welch widriges Geschick daran schuld sei, daß sich trotzdem noch überall so viele herumtrieben. Da sagte ich – vor dem Kardinal wagte ich es nämlich, offen meine Meinung zu äußern –: „Da brauchst du dich gar nicht zu wundern; denn diese Bestrafung der Diebe geht über das, was gerecht ist, hinaus und liegt nicht im Interesse des Staates.

Als Sühne für Diebstähle ist die Todesstrafe nämlich zu grausam, und, um vom Stehlen abzuschrecken, ist sie trotzdem unzureichend. Denn einerseits ist einfacher Diebstahl doch kein so schlimmes Verbrechen, daß es mit dem Tode gebüßt werden müßte, anderseits aber gibt es keine so harte Strafe, diejenigen von Räubereien abzuhalten, die kein anderes Gewerbe haben, um sich den Lebensunterhalt zu verdienen. Wie mir daher scheint, folgt ihr in dieser Sache – wie ein guter Teil der Menschheit übrigens auch – dem Beispiel der schlechten Lehrer, die ihre Schüler lieber prügeln als belehren. So verhängt man harte und entsetzliche Strafen über Diebe, während man viel eher dafür hätte sorgen sollen, daß sie ihren Unterhalt haben, damit sich niemand der grausigen Notwendigkeit ausgesetzt sieht, erst zu stehlen und dann zu sterben."

„Dafür ist ja doch zur Genüge gesorgt", erwiderte er. „Wir haben ja das Handwerk und den Ackerbau. Beides würde sie ernähren, wenn sie nicht aus freien Stücken lieber Gauner sein *wollten*."

„Halt, so entschlüpfst du mir nicht!" antwortete ich. „Zunächst wollen wir nicht von denen reden, die, wie es häufig vorkommt, aus inneren oder auswärtigen Kriegen als Krüppel heimkehren wie vor einer Reihe von Jahren aus der Schlacht gegen die Cornwaller und unlängst aus dem Kriege mit Frankreich. Für den Staat oder für den König opfern sie ihre gesunden Glieder und sind nun zu gebrechlich, um ihren alten Beruf wieder auszuüben, und zu alt, um sich für einen neuen auszubilden. Diese Leute wollen wir also, wie gesagt, beiseite lassen, da es nur von Zeit zu Zeit zu einem Kriege kommt, und betrachten wir nur das, was tagtäglich geschieht!

Da ist zunächst die so große Zahl der Edelleute. Selber müßig, leben sie wie die Drohnen von der Arbeit anderer, nämlich von der der Bauern auf ihren Gütern, die sie bis aufs Blut aussaugen, um ihre persönlichen Einkünfte zu erhöhen. Das ist nämlich die einzige Art von Wirtschaftlichkeit, die jene Menschen kennen; im übrigen sind sie Verschwender, und sollten sie auch bettelarm dadurch werden. Außerdem aber scharen sie einen gewaltigen Schwarm von Tagedieben um sich, die niemals ein Handwerk gelernt haben, mit dem sie sich ihr Brot verdienen könnten. Diese Leute wirft man sofort auf die Straße, sobald der Hausherr stirbt oder sie selbst krank werden; denn lieber füttert man Faulenzer durch als Kranke, und oft ist auch der Erbe gar nicht in der Lage, die väterliche Dienerschaft weiter zu halten. Inzwischen leiden jene Menschen tapfer Hunger oder treiben tapfer Straßenraub. Was sollten sie denn sonst auch tun? Haben nämlich erst einmal ihre Kleider und ihre Gesundheit durch das Herumstrolchen auch nur ein wenig gelitten, so mag sie, die infolge ihrer Krankheit von Schmutz starren und in Lumpen gehüllt sind, kein Edelmann mehr in Dienst nehmen. Aber auch die Bauern getrauen es sich nicht; denn sie wissen ganz genau: einer, der in Nichtstun und genießerischem Leben groß geworden und gewohnt ist, mit Schwert und Schild einherzustolzieren, mit von Eitelkeit umnebelter Miene auf seine gesamte Umgebung herabzublicken und jedermann im Vergleich mit sich zu verachten, eignet sich keineswegs dazu, einem armen Manne mit Hacke und Spaten für geringen Lohn und karge Kost treu zu dienen."

„Und doch müssen wir gerade diese Menschenklasse ganz besonders hegen und pflegen", erwiderte der Rechtsgelehrte. „Denn gerade auf diesen Männern, die mehr Mut und Edelsinn besitzen als Handwerker und Landleute, beruht die Kraft und Stärke unseres Heeres, wenn es einmal nötig ist, sich im Felde zu schlagen."

„In der Tat", antwortete ich, „ebenso gut könntest du sagen, um des Krieges willen müsse man die Diebe hegen und pflegen; denn an ihnen wird es euch ganz gewiß nie fehlen, solange ihr diese Menschenklasse noch habt. Und gewiß, Räuber sind keine feigen Soldaten und die Soldaten nicht die feigsten unter den Räubern: so gut passen diese Berufe zueinander. Indessen ist diese weitverbreitete Plage keine Eigentümlichkeit eures Volkes; sie ist nämlich fast allen Völkern gemeinsam. Frankreich z. B. sucht eine noch andere, verderblichere Pest heim: das ganze Land ist auch im Frieden – wenn jener Zustand überhaupt Frieden ist – von Söldnern überschwemmt und bedrängt. Sie sind aus demselben Grunde da, der euch bestimmt hat, die faulen Dienstleute hierzulande durchzufüttern, weil nämlich närrische Weise der Ansicht gewesen sind, das Staatswohl erfordere die ständige Bereitschaft einer starken und zuverlässigen Schutztruppe besonders altgedienter Soldaten; denn zu Rekruten hat man kein Vertrauen. Daher müssen sie schon deshalb auf einen Krieg bedacht sein, um geübte Soldaten zur Hand zu haben, und sie müssen sich nach Menschen umsehen, die kostenlos abgeschlachtet werden können, damit nicht, wie Sallust so fein sagt, Hand und Herz durch Untätigkeit zu erschlaffen beginnen.

Wie verderblich es aber ist, derartige Bestien zu füttern, hat nicht bloß Frankreich zu seinem eigenen Schaden erfahren; auch das Beispiel der Römer, Karthager, Syrer und vieler anderer Völker beweist es. Bei diesen allen haben die stehenden Heere bald bei dieser und bald bei jener Gelegenheit nicht bloß die Regierung gestürzt, sondern auch das flache Land und sogar die festen Städte zugrunde gerichtet. Aber wie unnötig ist solch ein stehendes Heer! Das kann man schon daraus ersehen, daß auch die französischen Söldner, die doch durch und durch geübte Soldaten sind, sich nicht rühmen können, im Kampfe mit euren Aufgeboten sehr oft den Sieg davongetragen zu haben. Ich will jetzt nichts weiter sagen; es könnte sonst den Anschein erwecken, als wollte ich euch, die ihr hier zugegen seid, schmeicheln. Aber man kann gar nicht glauben, daß sich eure Handwerker in der Stadt und eure ungeschlachten Bauern auf dem Lande vor dem faulen Troß der Edelleute sehr fürchten außer denjenigen, denen es infolge ihrer körperlichen Schwäche an Kraft und Kühnheit fehlt oder deren Energie durch häusliche Not geschwächt wird. So wenig ist also zu befürchten, daß diese Leute etwa verweichlicht werden könnten, wenn sie für einen nützlichen Lebensberuf ausgebildet und in Männerarbeit geübt werden. Vielmehr erschlaffen jetzt ihre gesunden und kräftigen Körper – die Edelleute geruhen nämlich, nur ausgesuchte Leute zugrunde zu richten – durch Nichtstun, oder sie werden durch fast weibische Beschäftigung verweichlicht. Auf keinen Fall liegt es, will mir scheinen, – wie es sich auch sonst mit dieser Sache verhalten mag – im Interesse des Staates, nur für den Kriegsfall, den ihr doch nur habt, wenn ihr ihn haben wollt, eine unermeßliche Schar von Menschen dieser Sorte durchzufüttern, die den Frieden so gefährden, auf den man doch um so viel mehr bedacht sein sollte als auf den Krieg.

Und doch ist das nicht der einzige Zwang zum Stehlen. Es gibt noch einen anderen, der euch, wie ich meine, in höherem Grade eigentümlich ist."

„Welcher ist das?" fragte der Kardinal.

„Eure Schafe", sagte ich. „Sie, die gewöhnlich so zahm und genügsam sind, sollen jetzt so gefräßig und wild geworden sein, daß sie sogar Menschen verschlingen sowie Felder, Häuser und Städte verwüsten und entvölkern. In all den Gegenden eures Reiches nämlich, wo die feinere und deshalb teurere Wolle gewonnen wird, genügen dem Adel und den

Edelleuten und sogar bisweilen Äbten, heiligen Männern, die jährlichen Einkünfte und Erträgnisse nicht mehr, die ihre Vorgänger aus ihren Gütern erzielten. Nicht zufrieden damit, daß sie mit ihrem faulen und üppigen Leben der Allgemeinheit nichts nützen, sondern eher schaden, lassen sie kein Ackerland übrig, zäunen alles als Viehweiden ein, reißen die Häuser nieder, zerstören die Städte, lassen nur die Kirchen als Schafställe stehen und, gerade als ob bei euch die Wildgehege und Parkanlagen nicht schon genug Grund und Boden der Nutzbarmachung entzögen, verwandeln diese braven Leute alle bewohnten Plätze und alles sonst irgendwo angebaute Land in Einöden.

Damit also ein einziger Verschwender, unersättlich und eine grausige Pest seines Vaterlandes, einige tausend Morgen zusammenhängenden Ackerlandes mit einem einzigen Zaun umgeben kann, vertreibt man Pächter von Haus und Hof. Entweder umgarnt man sie durch Lug und Trug oder überwältigt sie mit Gewalt; man plündert sie aus oder treibt sie, durch Gewalttätigkeiten bis zur Erschöpfung gequält, zum Verkauf ihrer Habe. So oder so wandern die Unglücklichen aus, Männer und Weiber, Ehemänner und Ehefrauen, Waisen, Witwen, Eltern mit kleinen Kindern oder mit einer Familie, weniger reich an Besitz als an Zahl der Personen, wie ja die Landwirtschaft vieler Hände bedarf. Sie wandern aus, sage ich, aus ihren vertrauten und gewohnten Heimstätten und finden keinen Zufluchtsort. Ihren gesamten Hausrat, der ohnehin keinen großen Erlös bringen würde, auch wenn er auf einen Käufer warten könnte, verkaufen sie um ein Spottgeld, wenn sie ihn sich vom Halse schaffen müssen. Ist dann der geringe Erlös in kurzer Zeit auf der Wanderschaft verbraucht, was bleibt ihnen dann schließlich anderes übrig, als zu stehlen und am Galgen zu hängen – nach Recht und Gesetz natürlich – oder sich herumzutreiben und zu betteln, obgleich sie auch dann als Vagabunden eingesperrt werden, weil sie herumlaufen, ohne zu arbeiten? Und doch will sie niemand als Arbeiter in Dienst nehmen, so eifrig sie sich auch anbieten. Denn mit der Landarbeit, an die sie gewöhnt sind, ist es vorbei, wo nicht gesät wird; genügt doch ein einziger Schaf- oder Rinderhirt als

Aufsicht, um von seinen Herden ein Stück Land abweiden zu lassen, zu dessen Bestellung als Saatfeld viele Hände notwendig waren.

So kommt es auch, daß an vielen Orten die Lebensmittel wesentlich teurer geworden sind. Ja, auch die Wolle ist so im Preis gestiegen, daß eure weniger bemittelten Tuchmacher sie überhaupt nicht mehr kaufen können und dadurch in der Mehrzahl arbeitslos werden. Nachdem man nämlich die Weideflächen so vergrößert hatte, raffte eine Seuche eine unzählige Menge Schafe hinweg, gleich als ob Gott die Habgier der Besitzer hätte bestrafen wollen mit der Seuche, die er unter ihre Schafe sandte und die – so wäre es gerechter gewesen – die Eigentümer selbst hätte treffen müssen. Mag aber auch die Zahl der Schafe noch so sehr zunehmen, der Preis der Wolle fällt nicht, weil der Handel damit, wenn man ihn auch nicht Monopol nennen darf, da ja nicht bloß einer verkauft, sicher doch ein Oligopol ist. Die Schafe befinden sich nämlich fast sämtlich in den Händen einiger weniger, und zwar eben der reichen Leute, die keine Notwendigkeit dazu drängt, eher zu verkaufen, als es ihnen beliebt, und es beliebt ihnen nicht eher, als bis sie beliebig teuer verkaufen können. Wenn ferner auch die übrigen Viehsorten in gleicher Weise im Preise gestiegen sind, so ist dafür derselbe Grund maßgebend, und zwar hierfür erst recht, weil sich nämlich nach Zerstörung der Bauernhöfe und nach Vernichtung der Landwirtschaft niemand mehr mit der Aufzucht von Jungvieh abgibt. Jene Reichen treiben nämlich nur Schafzucht, ziehen aber kein Rindvieh mehr auf. Sie kaufen vielmehr anderswo Magervieh billig auf, mästen es auf ihren Weiden und verkaufen es dann für viel Geld weiter. Und nur deshalb empfindet man, meine ich, den ganzen Schaden dieses Verfahrens noch nicht in vollem Umfange, weil jene bis jetzt die Preise nur dort hochgetrieben haben, wo sie verkaufen. Schaffen sie aber erst einmal eine Zeitlang das Vieh schneller fort, als es nachwachsen kann, so nimmt dann schließlich auch dort, wo es aufgekauft wird, der Bestand allmählich ab, und es entsteht dann durch starken Mangel notwendigerweise eine Notlage. So hat die ruchlose Habgier einiger weniger das, was das ganz besondere Glück dieser eurer Insel zu sein schien, gerade euer Verderben werden lassen. Denn diese

Verteuerung der Lebensmittel ist für einen jeden der Anlaß, soviel Dienerschaft wie möglich zu entlassen: wohin, so frage ich, wenn nicht zur Bettelei oder, wozu man ritterliche Gemüter leichter überreden kann, zur Räuberei?

Was soll man aber dazu sagen, daß sich zu dieser elenden Verarmung und Not noch lästige Verschwendungssucht gesellt? Denn sowohl die Dienerschaft des Adels wie die Handwerker und fast ebenso die Bauern selbst, ja, alle Stände überhaupt, treiben viel übermäßigen Aufwand in Kleidung und zu großen Luxus im Essen. Denke ferner an die Kneipen, Bordelle und an die andere Art von Bordellen, ich meine die Weinschenken und die Bierhäuser, schließlich an die so zahlreichen nichtsnutzigen Spiele, wie Würfelspiel, Karten, Würfelbecher, Ball-, Kugel- und Scheibenspiel! Treibt nicht alles dies seine Anbeter geradeswegs zum Raube auf die Straße, sobald sie ihr Geld vertan haben?

Bekämpft diese verderblichen Seuchen! Trefft die Bestimmung, daß diejenigen, die die Gehöfte und ländlichen Siedlungen zerstört haben, sie wieder aufbauen oder denen abtreten, die zum Wiederaufbau bereit sind und bauen *wollen*! Schränkt jene üblen Aufkäufe der Reichen und die Freiheit ihres Handels ein, der einem Monopol gleichkommt! Die Zahl derer, die vom Müßiggang leben, soll kleiner werden; der Ackerbau soll wieder aufleben; die Wollspinnerei soll wieder in Gang kommen, damit es eine ehrbare Beschäftigung gibt, durch die jene Schar von Tagedieben einen nutzbringenden Erwerb findet, sie, die die Not bisher zu Dieben gemacht hat oder die jetzt Landstreicher oder müßige Dienstmannen sind und ohne Zweifel dereinst Diebe sein werden! Soviel steht fest: wenn ihr diesen Übelständen nicht abhelft, so mögt ihr euch umsonst eurer Gerechtigkeit bei der Bestrafung von Diebstählen rühmen! Eure Justiz blendet wohl durch den Schein, aber gerecht oder nützlich ist sie nicht. Wenn ihr den Menschen eine klägliche Erziehung zuteil werden und ihren Charakter von zarter Jugend an allmählich verderben laßt, um sie offenbar erst dann zu bestrafen, wenn sie als Erwachsene die Schandtaten begehen, die man von Kindheit an bei ihnen dauernd erwartet hat, was tut ihr da anderes, ich bitte euch, als daß ihr sie erst zu Dieben macht und dann bestraft?“

Schon während ich so sprach, hatte sich jener Rechtsgelehrte zum Reden fertig gemacht und sich entschlossen, jene übliche Methode der Schuldisputanten anzuwenden, die sorgfältiger wiederholen als antworten; in dem Grade macht für sie ihr Gedächtnis einen guten Teil ihres Ruhmes aus. „Was du da sagst, klingt in der Tat recht hübsch“, erwiderte er. „Freilich darf man nicht vergessen, daß du als Fremder über diese Dinge mehr nur etwas hast hören als genau erforschen können, was ich mit wenigen Worten beweisen werde. Und zwar will ich zuerst deine Ausführungen der Reihe nach durchgehen; sodann will ich zeigen, worin du dich infolge von Unkenntnis unserer Verhältnisse getäuscht hast; zum Schluß will ich alle deine Thesen entkräften und widerlegen.

Um also mit dem ersten Teile meines Versprechens zu beginnen, so hast du, wie mir scheint, ...“

„Still!“ rief da der Kardinal. „Da du nämlich so anfängst, wirst du, wie mir scheint, nicht mit einigen wenigen Worten nur antworten wollen. Deshalb soll dir für den Augenblick die Mühe zu antworten erspart bleiben. Wir wollen dir jedoch diese Verpflichtung uneingeschränkt für eure nächste Zusammenkunft aufheben, die ich schon morgen stattfinden lassen möchte, falls ihr, du und Raphael, nichts anderes vorhaben solltet. Inzwischen aber hätte ich von dir, mein Raphael, sehr gern gehört, warum du der Ansicht bist, Diebstahl sei nicht mit dem Tode zu bestrafen, und welche andere Strafe du selbst vorschlägst, die mehr dem öffentlichen Interesse entspricht; denn dafür, den Diebstahl einfach zu dulden, bist du doch gewiß auch nicht. Wenn man aber jetzt sogar trotz der Lebensgefahr das Stehlen nicht läßt, welche Gewalt oder welche Befürchtung könnte dann die Verbrecher abschrecken, nachdem ihnen erst einmal ihr Leben gesichert ist? Würden sie es nicht so auffassen, als ob die Milderung der Strafe sie gewissermaßen durch eine Prämie zum Verbrechen geradezu ermuntere?“

„Ich bin durchaus der Ansicht, gütiger Vater“, erwiderte ich, „daß es ganz ungerecht ist, einem Menschen das Leben zu nehmen, weil er Geld gestohlen hat; denn auch sämtliche Glücksgüter können meiner Meinung nach ein Menschenleben nicht aufwiegen. Wollte man nun aber sagen, diese Strafe solle die Rechtsverletzung oder die Übertretung der Gesetze, nicht das gestohlene Geld aufwiegen, müßte man dann nicht erst recht jenes strengste Recht als größtes Unrecht bezeichnen? Denn weder darf man Gesetze nach Art eines Manlius billigen, so daß bei einer Gehorsamsverweigerung auch in den leichtesten Fällen sofort das Schwert zum Todesstreiche gezückt wird, noch so stoische Grundsätze, daß man die Vergehen alle als gleich beurteilt und der Ansicht ist, es sei kein Unterschied, ob einer einen Menschen tötet oder ihm nur Geld raubt, Vergehen, zwischen denen überhaupt keine Ähnlichkeit oder Verwandtschaft besteht, wenn Recht und Billigkeit überhaupt noch etwas gelten. Gott hat es verboten, jemanden zu töten, und wir töten so leichten Herzens um eines gestohlenen Sümmchens willen? Sollte es aber jemand so auffassen wollen, als ob jenes göttliche Gebot die Tötung eines Menschen nur insoweit verbiete, als sie nicht ein menschliches Gesetz gebietet, was steht dann dem im Wege, daß die Menschen auf dieselbe Weise unter sich festsetzen, inwieweit Unzucht zu dulden sei und Ehebruch und Meineid? Gott hat einem jeden die Verfügung nicht nur über ein fremdes, sondern sogar über das eigene Leben genommen; wenn aber menschliches Übereinkommen, sich unter gewissen Voraussetzungen gegenseitig töten zu dürfen, so viel gelten soll, daß es seine dienstbaren Geister von den Bindungen jenes Gebotes befreit und diese dann ohne jede göttliche Strafe Menschen ums Leben bringen dürfen, die Menschensatzung zu töten befiehlt, bleibt dann nicht jenes Gottesgebot nur insoweit in Geltung, als Menschenrecht es erlaubt? Und so wird es in der Tat dahin kommen, daß auf dieselbe Weise die Menschen festsetzen, inwieweit Gottes Gebote beachtet werden sollen! Und schließlich hat sogar das mosaische Gesetz, obwohl erbarmungslos und hart, da es für Sklavenseelen, und zwar für verstockte, erlassen war, den Diebstahl trotzdem nur mit Geld und nicht mit dem Tode bestraft. Wir wollen doch nicht glauben, daß Gott mit dem neuen Gesetz der Gnade, durch das er als Vater seinen Kindern gebietet, uns größere Freiheit gewährt hat, gegeneinander zu wüten!

Das sind die Gründe, die ich gegen die Todesstrafe vorzubringen habe. In welchem Grade aber widersinnig und sogar verderblich für den Staat eine gleichmäßige Bestrafung des Diebes und des Mörders ist, das weiß, meine ich, jeder. Wenn nämlich der Räuber sieht, daß einem, der wegen bloßen Diebstahls verurteilt ist, keine geringere Strafe droht, als wenn der Betreffende außerdem noch des Mordes überführt wird, so veranlaßt ihn schon diese eine Überlegung zur Ermordung desjenigen, den er andernfalls nur beraubt hätte. Denn abgesehen davon, daß für einen, der ertappt wird, die Gefahr nicht größer ist, gewährt ihm der Mord sogar noch größere Sicherheit und mehr Aussicht, daß die Tat unentdeckt bleibt, da ja der, der sie anzeigen könnte, beseitigt ist. Während wir uns also bemühen, den Dieben durch allzu große Strenge Schrecken einzujagen, spornen wir sie dazu an, gute Menschen umzubringen.

Was ferner die übliche Frage nach einer besseren Art der Bestrafung anlangt, so ist diese viel leichter zu finden als eine noch weniger gute. Warum sollten wir denn eigentlich an der Nützlichkeit jener Methode der Bestrafung von Verbrechen zweifeln, die, wie wir wissen, in alten Zeiten so lange den Römern zugesagt hat, die doch so große Erfahrung in der Staatsverwaltung besaßen? Diese pflegten nämlich überführte Schwerverbrecher zur Arbeit in den Steinbrüchen und Bergwerken zu verurteilen, wo sie dauernd Fesseln tragen mußten. Jedoch habe ich in dieser Beziehung auf meinen Reisen bei keinem Volke eine bessere Einrichtung gefunden als in Persien bei den sogenannten Polyleriten, einem ansehnlichen Volke mit einer recht verständigen Verfassung, das dem Perserkönig nur einen jährlichen Tribut zahlt, im übrigen aber unabhängig ist und nach eigenen Gesetzen lebt. Sie wohnen weitab vom Meere, sind fast ganz von Bergen eingeschlossen, begnügen sich in jeder Beziehung durchaus mit den Erträgnissen ihres Landes und pflegen mit anderen Völkern wenig Verkehr. Infolgedessen sind sie auch, einem alten Herkommen ihres Volkes entsprechend, nicht auf Erweiterung ihres Gebietes bedacht. Innerhalb dieses selbst aber bieten ihnen ihre Berge sowie das Geld, das sie dem Eroberer zahlen, mühelos Schutz vor jeder Gewalttat. Völlig frei vom Kriegsdienst, führen sie ein nicht ebenso glänzendes wie bequemes Leben in mehr Glück als Vornehmheit und Berühmtheit, ja nicht einmal dem Namen nach, meine ich, hinreichend bekannt außer in der Nachbarschaft. Wer nun bei den Polyleriten wegen Diebstahls verurteilt wird, gibt das Gestohlene dem Eigentümer zurück, nicht, wie es anderswo Brauch ist, dem Landesherrn, weil dieser nach ihrer Meinung auf das gestohlene Gut ebenso wenig Anspruch hat wie der Dieb selbst. Ist es aber abhanden gekommen, so ersetzt und bezahlt man seinen Wert aus dem Besitz der Diebe, den Rest behalten ihre Frauen und Kinder unverkürzt, und die Diebe selbst verurteilt man zu Zwangsarbeit. Nur wenn schwerer Diebstahl vorliegt, sperrt man sie ins Arbeitshaus, wo sie Fußfesseln tragen müssen; sonst behalten sie ihre Freiheit und verrichten ungefesselt öffentliche Arbeiten. Zeigen sie sich widerspenstig und zu träge, so legt man sie zur Strafe nicht in Fesseln, sondern treibt sie durch Prügel zur Arbeit an; Fleißige dagegen bleiben von Gewalttätigkeiten verschont; nur des Nachts schließt man sie in Schlafräume ein, nachdem man sie durch Namensaufruf kontrolliert hat. Die dauernde Arbeit ist die einzige Unannehmlichkeit in ihrem Leben. Ihre Verpflegung ist nämlich nicht kärglich. Für diejenigen, die öffentliche Arbeiten verrichten, wird sie aus öffentlichen Mitteln bestritten, und zwar in den einzelnen Gegenden auf verschiedene Weise. Hier und da nämlich deckt man den Aufwand für sie aus Almosen; wenn diese Methode auch unsicher ist, so bringt doch bei der mildtätigen Gesinnung jenes Volkes keine andere einen reicheren Ertrag. Anderswo wieder sind gewisse öffentliche Einkünfte für diesen Zweck bestimmt. In manchen Gegenden findet dafür auch eine feste Kopfsteuer Verwendung. Ja, an einigen Orten verrichten die Sträflinge keine Arbeit für die Öffentlichkeit, sondern, wenn ein Privatmann Lohnarbeiter braucht, so mietet er die Arbeitskraft eines beliebigen von ihnen auf dem Markte für den betreffenden Tag und zahlt dafür einen festgesetzten Lohn, nur etwas weniger, als er für freie Lohnarbeit würde zahlen müssen. Außerdem steht ihm das Recht zu, faule Sklaven zu peitschen. Auf diese Weise haben sie niemals Mangel an Arbeit, und außer seinem Lebensunterhalt verdient jeder täglich noch etwas, was er an die Staatskasse abführt. Sie allein sind alle in eine bestimmte Farbe gekleidet und tragen das Haar nicht vollständig geschoren, sondern nur ein Stück über den Ohren verschnitten, und das eine Ohr ist etwas gestutzt. Speise, Trank und Kleidung von seiner Farbe darf sich jeder von seinen Freunden geben lassen; wer dagegen ein Geldgeschenk gibt oder annimmt, wird mit dem Tode bestraft; und nicht weniger gefährlich ist es auch für einen Freien, aus irgendeinem Grunde von einem Sträfling Geld anzunehmen, und ebenso für die Sklaven – so nennt man nämlich die Sträflinge –, Waffen anzurühren. Jede Landschaft macht ihre Sklaven durch ein eigenes, unterscheidendes Zeichen kenntlich, das abzulegen bei Todesstrafe verboten ist. Dieselbe Strafe trifft auch den, der sich außerhalb seines Bezirks sehen läßt oder mit einem Sklaven eines anderen Bezirks ein Wort spricht. Die Planung einer Flucht ist ebenso gefährlich wie ihre Ausführung; schon von einem solchen Plane gewußt zu haben, bedeutet für den Sklaven den Tod und für den Freien Knechtschaft. Dagegen sind auf Anzeigen Preise ausgesetzt, und zwar erhält ein Freier Geld, ein Sklave dagegen die Freiheit; beiden aber gewährt man Verzeihung und Straflosigkeit, auch wenn sie von der Sache gewußt haben. Dadurch will man verhüten, daß es mehr Sicherheit bietet, auf einem schlimmen Plane zu beharren als ihn zu bereuen.

So also ist diese Angelegenheit gesetzlich geregelt, wie ich es beschrieben habe. Wie menschlich und zweckmäßig dieses Verfahren ist, kann man leicht einsehen. Übt es doch nur insoweit Strenge aus, als die Verbrechen beseitigt werden; dabei kostet es kein Menschenleben, und die Übeltäter werden so behandelt, daß sie gar nicht anders können, als gut zu sein und den Schaden, den sie vorher angerichtet haben, durch ihr weiteres Leben wieder gutzumachen.

Daß ferner Sträflinge in ihre alte Lebensweise verfallen könnten, ist durchaus nicht zu befürchten. Infolgedessen halten sich auch Fremde, die irgendwohin reisen müssen, unter keiner anderen Führung für sicherer als unter der jener Sklaven, die dann von einer Gegend zur anderen unmittelbar wechseln. Denn sie besitzen nichts, was sie zu einem

Raubüberfall reizen könnte: in der Hand haben sie keine Waffe, Geld würde ihre verbrecherische Tat nur verraten, und der Ertappte müßte mit Bestrafung und völliger Aussichtslosigkeit, irgendwohin fliehen zu können, rechnen. Wie sollte es nämlich jemand auch fertig bringen, völlig unbemerkt zu fliehen, wenn sich seine Kleidung in jedem Stück von der seiner Landsleute unterscheidet? Er müßte sich denn gerade nackend entfernen. Ja, auch in dem Falle würde den Ausreißer das Ohr verraten. Aber könnten die Sträflinge nicht vielleicht an eine Verschwörung gegen den Staat denken? Wäre das nicht doch eine Gefahr? Als ob irgendeine Gruppe solch eine Hoffnung hegen dürfte, ehe nicht die Sklaven zahlreicher Landschaften unruhig geworden und aufgewiegelt sind, denen es nicht einmal erlaubt ist zusammenzukommen, miteinander zu sprechen oder sich gegenseitig zu grüßen, die also noch viel weniger eine Verschwörung anzetteln könnten! Sollte man ferner annehmen dürfen, sie würden diesen Plan inzwischen unbesorgt ihren Anhängern anvertrauen, während sie doch wissen, daß Verschweigen gefährlich, Verrat aber höchst vorteilhaft ist? Und dabei hat niemand so gänzlich die Hoffnung aufgegeben, doch irgendwann einmal die Freiheit wieder zu erlangen, wenn er sich gehorsam zeigt und eine Besserung in der Zukunft zuversichtlich erwarten läßt. Wird doch in jedem Jahre ein paar Sklaven zum Lohn für geduldiges Ausharren die Freiheit wieder geschenkt."

So sprach ich. Als ich dann noch hinzufügte, es liege meiner Meinung nach gar kein Grund vor, dieses Verfahren nicht auch in England anzuwenden, und zwar mit viel größerem Erfolg als jenen Rechtsbrauch, den der Jurist so sehr gelobt hatte, da erwiderte mir dieser sofort: „Niemals ließe sich dieser Brauch in England einführen, ohne daß der Staat dadurch in die größte Gefahr geriete!" Und bei diesen Worten schüttelte er den Kopf, verzog den Mund und schwieg dann, und alle Anwesenden stimmten ihm zu. Da meinte der Kardinal: „Man kann nicht so leicht voraussagen, ob die Sache günstig oder ungünstig ausgeht, solange man sie überhaupt noch nicht erprobt hat. Aber nach Verkündigung eines Todesurteils könnte ja der Landesherr einen Aufschub der Vollstreckung anordnen und unter Einschränkung der

Privilegien der Asylstätten dieses neue Verfahren erproben. Sollte es sich durch den Erfolg als zweckmäßig bewähren, so wäre es wohl richtig, es zur dauernden Einrichtung zu machen. Andernfalls könnte man ja die vorher Verurteilten auch dann noch hinrichten, und das wäre von nicht geringem Vorteil für den Staat und nicht ungerechter, als wenn es gleich geschähe, und auch in der Zeit des Aufschubs könnte keine Gefahr daraus erwachsen. Ja, wie mir sicher scheint, würde dieselbe Behandlung auch den Landstreichern gegenüber sehr angebracht sein; denn gegen sie haben wir zwar bis jetzt eine Menge Gesetze erlassen, aber trotzdem noch nichts erreicht."

Sobald der Kardinal das gesagt hatte – dasselbe, worüber sich alle verächtlich geäußert hatten, als sie es von mir hörten –, wetteiferte jeder, ihm das höchste Lob zu spenden, besonders jedoch seinem Vorschlag in betreff der Landstreicher, weil er den von sich aus hinzugefügt hatte.

Vielleicht wäre es besser, das, was jetzt folgte, gar nicht zu erwähnen – es war nämlich lächerlich –, aber ich will es doch erzählen; denn es war nicht übel und gehörte in gewissem Sinne zu unserer Sache. Es stand zufällig ein Schmarotzer dabei, der offenbar den Narren spielen wollte, sich aber so schlecht verstellte, daß er mehr einem wirklichen Narren glich, indem er mit so faden Äußerungen nach Gelächter haschte, daß man häufiger über seine Person als über seine Worte lachte. Zuweilen jedoch äußerte der Mensch auch etwas, was nicht ganz so albern war, so daß er das Sprichwort bestätigte: „Wer viel würfelt, hat auch einmal Glück." Da meinte einer von den Tischgenossen, ich hätte mit meiner Rede gut für die Diebe gesorgt und der Kardinal auch noch für die Landstreicher; nun bleibe nur noch übrig, von Staats wegen auch noch die zu versorgen, die durch Krankheit oder Alter in Not geraten und arbeitsunfähig geworden seien. „Laß mich das machen!" rief da der Spaßvogel. „Ich will auch das in Ordnung bringen! Denn es ist mein sehnlicher Wunsch, mich vom Anblick dieser Sorte Menschen irgendwie zu befreien. Mehr als einmal sind sie mir schwer zur Last gefallen, wenn sie mich mit ihrem Klagegeheul um Geld anbettelten. Niemals jedoch konnten sie das schön genug anstimmen, um auch nur einen Pfennig von mir zu erpressen. Es ist bei mir nämlich immer das eine von beiden der Fall: entweder habe ich keine Lust, etwas zu geben, oder ich habe nicht die Möglichkeit dazu, weil ich nichts zu geben habe. Infolgedessen werden die Bettler jetzt allmählich vernünftig. Um sich nämlich nicht unnötig anzustrengen, reden sie mich gar nicht mehr an, wenn sie mich vorübergehen sehen. So wenig erhoffen sie von mir noch etwas, in der Tat nicht mehr, als wenn ich ein Priester wäre. Aber jetzt befehle ich, ein Gesetz zu erlassen, dem zufolge alle jene Bettler ohne Ausnahme auf die Benediktinerklöster verteilt und zu sogenannten Laienbrüdern gemacht werden; die Weiber aber, ordne ich an, sollen Nonnen werden."

Da lächelte der Kardinal und stimmte im Scherz zu, die anderen dann auch im Ernst. Indessen heiterte dieser Witz über die Priester und Mönche einen Theologen, einen Klosterbruder, so auf, daß er, sonst ein ernster, ja beinahe finsterer Mann, jetzt gleichfalls anfing, Spaß zu machen. „Aber auch so", rief er, „wirst du die Bettler nicht loswerden, wenn du nicht auch für uns Klosterbrüder sorgst!"

„Aber das ist doch schon geschehen", erwiderte der Parasit. „Der Kardinal hat ja vortrefflich für euch gesorgt, indem er für die Tagediebe Zwangsarbeit festsetzte; denn ihr seid doch die größten Tagediebe."

Da blickten alle auf den Kardinal. Als sie aber sahen, daß er auch diese Bemerkung nicht zurückwies, fingen sie alle an, sie mit großem Vergnügen aufzunehmen; nur der Klosterbruder machte eine Ausnahme. Der nämlich, mit solchem Essig übergossen, geriet dermaßen in Zorn und Hitze – worüber ich mich auch gar nicht wundere –, daß er sich nicht mehr beherrschen konnte und zu schimpfen anfing. Er nannte den Menschen einen Taugenichts, einen Verleumder, einen Ohrenbläser und ein Kind der Verdammnis und führte zwischendurch schreckliche Drohungen aus der Heiligen Schrift an. Jetzt aber begann der Witzbold ernsthaft zu spaßen, und da war er ganz in seinem Element. „Zürne nicht, lieber Bruder!" sagte er. „Es steht geschrieben: ›Durch standhaftes Ausharren sollt ihr euch das Leben gewinnen.‹" Darauf erwiderte der Klosterbruder – ich will nämlich seine eigenen Worte wiedergeben –: „Ich zürne nicht, du Galgenstrick, oder ich sündige wenigstens nicht damit.

Denn der Psalmist sagt: ›Zürnt und sündigt nicht!‹“ Darauf ermahnte der Kardinal den Klosterbruder in sanftem Tone, sich zu mäßigen. Doch der antwortete: „Herr, ich spreche nur in redlichem Eifer, wie ich es tun muß. Denn auch heilige Männer haben einen redlichen Eifer bewiesen, weswegen es heißt: ›Der Eifer um dein Haus hat mich verzehrt‹. Und in den Kirchen singt man:

›Die Spötter Elisas,
Während er hinaufsteigt zum Hause Gottes,
Bekommen den Eifer des Kahlkopfs zu spüren‹,

wie ihn vielleicht auch dieser Spötter da, dieser Possenreißer, dieser Bruder Liederlich noch zu spüren bekommen wird.“

„Du handelst vielleicht in ehrlicher Erregung“, sagte der Kardinal, „aber mir will scheinen, es würde möglicherweise frömmer, bestimmt aber klüger von dir sein, wenn du nicht mit einem törichten und lächerlichen Menschen einen lächerlichen Streit beginnen wolltest.“

„Nein, Herr, das würde nicht klüger von mir sein“, erwiderte er. „Sagt doch selbst der weise Salomo: ›Antworte dem Narren gemäß seiner Narrheit!‹, wie ich es jetzt tue und ihm die Grube zeige, in die er fallen wird, wenn er nicht recht auf der Hut ist. Wenn nämlich die vielen Spötter Elisas, der doch nur *ein* Kahlkopf war, den Eifer des Kahlkopfes zu spüren bekommen haben, um wieviel mehr wird ein einziger Spötter den Eifer der vielen Klosterbrüder zu spüren bekommen, unter denen sich doch viele Kahlköpfe befinden! Und außerdem haben wir ja noch eine päpstliche Bulle, auf Grund deren alle, die sich über uns lustig machen, der Kirchenbann trifft.“

Sobald der Kardinal sah, daß der Streit kein Ende nehmen wollte, gab er dem Schmarotzer einen Wink, sich zu entfernen, und brachte die Rede auf ein anderes Thema, das auch Anklang fand. Bald darauf stand er von der Tafel auf, entließ uns und widmete sich seinen Lehnsleuten, deren Anliegen er sich anhörte.

„Sieh da, mein lieber Morus, wie lang ist doch die Geschichte geworden, mit der ich dich belästigt habe! Ich hätte mich entschieden geschämt, so ausführlich zu werden, wenn du es nicht dringend zu wissen verlangt hättest und wenn es mir nicht den Eindruck gemacht hätte, als wolltest du auch nicht *ein* Wort von jenem Gespräch ausgelassen wissen; mit solcher Aufmerksamkeit hörtest du mir zu. Ich mußte dies jedoch alles erzählen – freilich hätte es wesentlich kürzer geschehen können –, um die Urteilsfähigkeit dieser Leute ins rechte Licht zu rücken: wovon sie nämlich nichts wissen wollten, als sie es aus *meinem* Munde hörten, eben das billigten sie auf der Stelle, als es der Kardinal billigte, und zwar gingen sie in ihrer Lobhudelei so weit, daß sie sich sogar die Einfälle seines Schmarotzers, die sein Herr im Scherz nicht zurückwies, in schmeichlerischer Weise gefallen ließen und sie beinahe für Ernst nahmen. Daraus kannst du ermessen, wie hoch die Höflinge mich mit meinen Ratschlägen einschätzen würden.“

„In der Tat, mein lieber Raphael“, erwiderte ich, „deine Erzählung war ein großer Genuß für mich; so klug und treffend zugleich hast du alles gesagt. Außerdem war es mir währenddem so, als befände ich mich wieder in meiner Heimat, und nicht bloß dies, sondern als erlebte ich gewissermaßen noch einmal meine Kindheit, bei der angenehmen Erinnerung an jenen Kardinal, an dessen Hofe ich als Knabe erzogen worden bin. Lieb und wert warst du mir ja auch sonst schon, mein Raphael, aber um wieviel teurer du mir durch die so hohe Ehrung des Andenkens an jenen Mann geworden bist, kannst du dir kaum vorstellen. Im übrigen kann ich bis jetzt meine Ansicht in keinerlei Weise ändern; ich bin vielmehr entschieden der Meinung, wenn du dich entschließen könntest, deine Abneigung gegen die Fürstenhöfe aufzugeben, so könntest du mit deinen Ratschlägen der Öffentlichkeit den größten Nutzen stiften. Deshalb ist dies deine höchste Pflicht, die Pflicht eines braven Mannes. Und wenn vollends dein Plato der Ansicht ist, die Staaten würden erst dann glücklich sein, wenn entweder die Philosophen Könige seien oder die Könige sich mit Philosophie befaßten, wie fern wird da das

Glück noch sein, wenn es die Philosophen sogar für unter ihrer Würde halten, den Königen ihren guten Rat zuteil werden zu lassen."

„Sie sind nicht so ungefällig", antwortete er, „daß sie das nicht gern tun würden – sie haben es ja auch schon durch die Veröffentlichung zahlreicher Bücher getan –, wenn nur die Machthaber bereit wären, die guten Ratschläge auch zu befolgen. Aber ohne Zweifel hat Plato richtig vorausgesehen, daß die Könige nur dann die Ratschläge philosophierender Männer gutheißen werden, wenn sie sich selbst mit Philosophie beschäftigen. Sind sie doch von Kindheit an mit verkehrten Meinungen getränkt und von ihnen angesteckt, was Plato in eigener Person am Hofe des Dionysius erfahren mußte. Oder meinst du nicht, ich würde auf der Stelle fortgejagt oder verspottet werden, wenn ich am Hofe irgendeines Königs gesunde Maßnahmen vorschlüge und verderbliche Saaten schlechter Ratgeber auszureißen versuchte?

Wohlan, stelle dir vor, ich lebte am Hofe des Königs von Frankreich und säße mit in seinem Rate, während man in geheimster Zurückgezogenheit unter dem Vorsitze des Königs selbst in einem Kreise der klügsten Männer mit großem Eifer darüber verhandelt, mit welchen Ränken und Machenschaften der König es fertig bringen kann, Mailand zu behaupten, jenes immer aufs neue abfallende Neapel wiederzugewinnen, ferner Venedig zu vernichten und sich ganz Italien zu unterwerfen, sodann Flandern, Brabant und schließlich ganz Burgund seinem Reiche einzuverleiben und außerdem noch andere Völker, in deren Land der König schon längst im Geiste eingefallen ist. Hier rät der eine, mit den Venetianern ein Bündnis zu schließen, aber nur für so lange, als es den Franzosen Nutzen bringt; mit ihnen gemeinschaftliche Sache zu machen, ja auch einen Teil der Beute ihnen anzuvertrauen und dann wieder zurückzuverlangen, wenn alles nach Wunsch gegangen ist; ein anderer wieder schlägt vor, deutsche Landsknechte anzuwerben; ein dritter, Schweizer mit Geld kirre zu machen; ein vierter, sich die Gunst der kaiserlichen Majestät durch Gold wie durch ein Weihgeschenk zu erkaufen. Ein anderer wieder rät dem Fürsten, sich mit dem König von Aragonien gütlich zu einigen und ihm gleichsam als Unterpfand des

Friedens das Königreich Navarra abzutreten, das ihm aber gar nicht gehört. Unterdessen will ein anderer den Prinzen von Kastilien durch eine Aussicht auf eine Verschwägerung ins Garn locken und einige Granden seines Hofes durch eine bestimmte Barzahlung auf die Seite Frankreichs ziehen. Nun aber stößt man auf die allergrößte Schwierigkeit, was man nämlich bei alledem in betreff Englands beschließen soll: immerhin müsse man mit ihm doch wenigstens Friedensverhandlungen anknüpfen und das immer unsicher bleibende Bündnis durch recht starke Bande befestigen; die Engländer solle man zwar Freunde nennen, ihnen aber wie Feinden mißtrauen und deshalb die Schotten für jeden Fall schlagfertig, gleichsam auf Posten, in Bereitschaft halten und sie sofort auf die Engländer loslassen, sobald sich diese irgendwie rührten. Außerdem müsse man einen hohen, in der Verbannung lebenden Adligen unterstützen, und zwar im geheimen – eine offene Protektion lassen nämlich die Verträge nicht zu –, der den englischen Thron für sich beanspruche. Das solle für den König von Frankreich eine Handhabe sein, den König von England im Zaume zu halten, dem er nicht trauen dürfe.

Und nun denke dir, hier, bei einem solchen Drange der Geschäfte, wenn so viele ausgezeichnete Männer um die Wette Ratschläge für den Krieg erteilen, stünde ich armseliges Menschenkind auf und hieße plötzlich den Kurs ändern, schlüge vor, Italien aufzugeben, und behauptete, man müsse im Lande bleiben; das eine Königreich Frankreich sei schon fast zu groß, als daß es ein einziger gut verwalten könne; der König solle doch nicht glauben, er dürfe noch an die Einverleibung anderer Reiche denken; und ich riete ihnen dann weiter, dem Beispiele der Achorier zu folgen, eines Volkes, das der Insel Utopia im Südosten gegenüberliegt. In alten Zeiten hatten sie einmal einen Krieg geführt, um ihrem König den Besitz eines zweiten Reiches zu sichern, das er auf Grund einer alten Verwandtschaft als sein Erbe beanspruchte. Als sie endlich ihr Ziel erreicht hatten, mußten sie jedoch einsehen, daß die Behauptung des Landes keineswegs leichter war als seine Eroberung, daß vielmehr ohne Unterlaß Auflehnungen im Inneren oder Überfälle auf die Unterworfenen von außen daraus entstanden, daß sie so dauernd entweder für oder gegen jene kämpfen mußten, daß sich niemals die Möglichkeit bot, das Heer zu entlassen, daß sie selber inzwischen ausgebeutet wurden, daß ihr Geld ins Ausland ging, daß sie ihr Blut für ein wenig Ruhm eines Fremden vergossen, daß der Friede im Inneren durchaus nicht gesicherter war, daß der Krieg die Moral verdarb, daß die Raubsucht den Menschen gleichsam in Fleisch und Blut überging, daß die Rauflust infolge der Metzeleien zunahm und daß man die Gesetze nicht mehr achtete. Und das alles, weil der König sein Interesse, das durch die Sorge für zwei Reiche zersplittert wurde, jedem einzelnen nicht nachdrücklich genug zuwenden konnte. Da nun die Achorier sahen, diese so schlimmen Zustände würden auf andere Weise kein Ende nehmen, faßten sie endlich einen Entschluß und ließen ihrem Fürsten in überaus höflicher Form die Wahl, welches Reich von beiden er behalten wolle; beide könne er nämlich nicht länger behalten; sie seien ein zu großes Volk, um von einem ›halbierten‹ König regiert zu werden, wie sich ja auch niemand gern mit einem anderen seinen Maultiertreiber würde teilen wollen. So sah sich denn jener brave Fürst gezwungen, sein neues Reich einem seiner Freunde zu überlassen – der übrigens bald darauf gleichfalls verjagt wurde – und sich mit dem alten zu begnügen. Ferner würde ich darauf hinweisen, daß alle diese kriegerischen Versuche, die um des Königs willen so viele Völker in Unruhe versetzen würden, durch irgendein Mißgeschick schließlich doch ohne Erfolg enden könnten, nachdem seine Geldmittel erschöpft und sein Volk ruiniert seien. Ich würde ihm deshalb raten, sein ererbtes Reich nach Möglichkeit zu pflegen und zu fördern und es zu höchster Blüte zu bringen, seine Untertanen zu lieben und sich von ihnen lieben zu lassen, mit ihnen zusammen zu leben, sie mit Milde zu regieren und andere Reiche in Frieden zu lassen, da ihm ja schon genug und übergenug zugefallen sei. Mit was für Ohren, meinst du, mein Morus, müßte man da wohl meine Rede aufnehmen?“

„Wahrhaftig, nicht mit sehr geneigten“, erwiderte ich.

„Fahren wir also fort!“ sagte er. „Die Ratgeber irgendeines Königs debattieren und klügeln mit ihm aus, mit welchen Schelmenstreichen sie Gelder für ihn aufhäufen können. Einer rät dazu, den Geldwert zu erhöhen, wenn der König selber eine Zahlung zu leisten hat, ihn aber anderseits unter das rechte Maß zu senken, wenn ihm eine Zahlung zu leisten ist. Auf diese Weise bezahlt er eine große Schuld mit wenig Geld und erhält für eine kleine ausstehende Forderung viel. Ein anderer wieder schlägt vor, eine Kriegsgefahr vorzutäuschen, unter diesem Vorwand Geld aufzubringen und dann zum geeignet erscheinenden Zeitpunkt Frieden zu schließen, und zwar unter feierlichen Zeremonien; dadurch solle der breiten Masse des dummen Volkes vorgegaukelt werden, der fromme Fürst habe offenbar aus Mitleid kein Menschenblut vergießen wollen. Ein dritter ruft ihm gewisse alte, von Motten angefressene und längst nicht mehr angewendete Gesetze ins Gedächtnis, nach denen sich kein Mensch mehr richte, weil sich niemand besinnen könne, daß sie überhaupt jemals erlassen worden seien, und er fordert ihn auf, Strafgelder für diese Nichtbefolgung einzuziehen: kein Ertrag sei ergiebiger und zugleich ehrenhafter, da er ja die Maske der Gerechtigkeit zur Schau trage. Ein vierter wieder fordert den König auf, unter Androhung hoher Geldstrafen eine Menge Verbote zu erlassen, zumeist von Handlungen, die nicht den Interessen des Volkes dienen, gegen Geld aber Leuten Dispens zu erteilen, deren Privatinteressen ein Verbot im Wege steht. Auf diese Weise ernte er den Dank des Volkes und habe doppelten Gewinn, einmal aus der Bestrafung der Leute, die ihre Erwerbsgier ins Netz lockt, und sodann aus dem Verkauf der Vorrechte an andere, für um so mehr Geld natürlich, je gewissenhafter der Fürst ist; denn ein guter Herrscher begünstigt nur ungern einen Privatmann zum Nachteile seines Volkes und deshalb nur für viel Geld. Wieder ein anderer sucht den König zu überreden, Richter anzustellen, die in jeder beliebigen Sache zu seinen Gunsten entscheiden; außerdem solle er sie einladen, in seinem Palaste und in seiner Gegenwart über seine Angelegenheiten zu verhandeln; dann werde keiner seiner Prozesse so offensichtlich faul sein, daß nicht einer der Richter, sei es aus Lust am Widerspruch oder aus Scheu vor Wiederholung von schon Gesagtem oder im Haschen nach der königlichen Gunst irgendeinen Ritz entdecken würde, in den man eine Rechtsverdrehung einklemmen könne. Wenn dann erst einmal bei Meinungsverschiedenheit der Richter über die an sich völlig klare Sache debattiert und die Wahrheit in Frage gestellt werde, so biete sich dem König die günstige Gelegenheit, das Recht zu seinem eigenen Vorteil auszulegen, und die anderen würden sich aus Hochachtung oder aus Furcht seiner Meinung anschließen. Und in diesem Sinne fällt dann später der Gerichtshof unbedenklich das Urteil; denn es kann ja niemandem an einem Vorwand fehlen, sich zugunsten des Fürsten zu entscheiden. Genügt es ihm doch, daß entweder die Billigkeit für ihn spricht oder der Wortlaut des Gesetzes oder die gewaltsam verdrehte Auslegung des Sinnes eines Schriftstückes oder, was gewissenhaften Richtern schließlich mehr gilt als alle Gesetze, des Fürsten unbestreitbares Recht der obersten Entscheidung. Kurz, alle Ratgeber sind der gleichen Ansicht und wirken zusammen im Sinne jenes Wortes des Crassus, keine Menge Gold sei groß genug für einen Fürsten, der ein Heer unterhalten müsse. Außerdem kann nach ihrer Meinung ein König gar kein Unrecht tun, mag er es auch noch so sehr wünschen; denn der gesamte Besitz aller seiner Untertanen wie auch diese selbst sind, so glauben sie, sein Eigentum, und jedem einzelnen gehört nur so viel, wie ihm seines Königs Gnade noch läßt. Der aber muß großen Wert darauf legen, daß dieser Rest möglichst gering ist; denn seine Sicherheit beruht darauf, daß sein Volk nicht durch Reichtum oder Freiheit übermütig wird, weil beides eine harte und ungerechte Herrschaft weniger geduldig ertragen läßt, während anderseits Armut und Not abstumpfen, geduldig machen und den Untertanen in ihrer Bedrängnis den großzügigen Geistesschwung der Empörung nehmen.

Nun stelle dir wieder vor, ich stünde jetzt noch einmal auf und behauptete, alle diese Pläne seien für den König unehrenhaft und verderblich; denn nicht nur seine Ehre, sondern auch seine Sicherheit beruhe weniger auf seinem eigenen Reichtum als auf dem seiner Untertanen. Ich würde dann weiter ausführen, daß sich diese einen König nicht in dessen, sondern in ihrem eigenen Interesse wählen, um nämlich, dank seiner eifrigen Bemühung, selber in Ruhe und Sicherheit vor Gewalttaten zu leben. Deshalb hat der Fürst, so würde ich weiter sagen, die Pflicht, mehr auf seines Volkes Wohlergehen als auf sein eigenes bedacht zu sein, genau so wie es die Pflicht eines Hirten ist, mehr für die

Ernährung seiner Schafe als für seine eigene zu sorgen, wenigstens in seiner Eigenschaft als Schafhirt. Denn in der Armut des Volkes einen Schutz zu sehen, ist, wie schon die Erfahrung lehrt, ein gewaltiger Irrtum. Wo könnte man nämlich mehr Zank und Streit finden als unter Bettlern? Und wer ist eifriger auf Umsturz bedacht als der, dem seine augenblickliche Lage so gar nicht gefallen will? Oder wen beseelt schließlich ein kühneres Verlangen nach einem allgemeinen Durcheinander, in der Hoffnung auf irgend welchen Gewinn, als den, der nichts mehr zu verlieren hat? Sollte nun aber wirklich ein König von seinen Untertanen so sehr verachtet oder gehaßt werden, daß er sie nicht anders im Zaume halten kann, als indem er mit Mißhandlungen, Ausplünderung und Güterparzellierung gegen sie vorgeht und sie an den Bettelstab bringt, dann wäre es wirklich besser für ihn, er legte seine Herrschaft nieder, als daß er sie mit Hilfe solcher Künste behauptet; sie retten ihm wohl den Namen seiner Herrschaft, aber ihrer Erhabenheit geht er bestimmt verlustig. Denn es ist eines Königs nicht würdig, über Bettler zu herrschen, sondern vielmehr über reiche und glückliche Menschen. Eben das meint sicherlich der hochgemute und geistig überlegene Fabricius mit der Antwort, er wolle lieber Reichen gebieten als selber reich sein. Und in der Tat! Als einzelner in Vergnügen und Genüssen schwimmen, während ringsherum andere seufzen und jammern, das heißt nicht Hüter eines Thrones, sondern eines Kerkers sein. Kurzum: wie es demjenigen Arzte an jeder Erfahrung fehlt, der eine Krankheit nur durch eine andere zu heilen versteht, so mag der seine völlige Unfähigkeit zur Herrschaft über Freie ruhig eingestehen, der das Leben der Staatsbürger nur dadurch zu bessern weiß, daß er ihnen nimmt, was das Leben lebenswert macht. Ja wahrhaftig, er soll doch lieber seine Trägheit oder seinen Stolz aufgeben; denn diese Laster ziehen ihm in der Regel die Verachtung oder den Haß seines Volkes zu. Er soll rechtschaffen von seinen Mitteln leben und seine Ausgaben den Einnahmen anpassen. Er soll ferner die Missetaten einschränken und lieber durch richtige Belehrung seiner Untertanen verhüten, als sie erst anwachsen zu lassen und dann zu bestrafen. Gesetze, die gewohnheitsmäßig aus der Übung gekommen sind, soll er nicht aufs

Geratewohl erneuern, zumal wenn sie schon lange nicht mehr angewendet und niemals vermißt worden sind. Er soll auch niemals für ein derartiges Vergehen eine Geldstrafe einziehen, was der Richter auch einem Privatmanne als unbillig und unlauter untersagen würde. Ferner würde ich jenen Ratgebern ein Gesetz der Macarenser mitteilen, die gleichfalls nicht eben weit von Utopia entfernt wohnen. An dem Tage seiner Regierungsübernahme verpflichtet sich nämlich ihr König unter Darbringung feierlicher Opfer eidlich, nie auf einmal mehr als tausend Pfund Gold oder den entsprechenden Wert in Silber in seinen Kassen zu haben. Diese Bestimmung soll ein vortrefflicher König getroffen haben, dem das Wohl seines Landes mehr als sein persönlicher Reichtum am Herzen lag. Mit dieser Maßnahme wollte er in seinem Volke einer Geldknappheit infolge Anhäufung einer zu großen Geldsumme vorbeugen. Er sah nämlich ein, dieser Betrag werde für den Monarchen groß genug sein zum Kampfe gegen die Rebellen und groß genug für die Monarchie zur Abwehr feindlicher Angriffe; dagegen sei er nicht groß genug, um zu Einfällen in fremdes Gebiet Lust zu machen. Das war der hauptsächlichste Grund für den Erlaß des genannten Gesetzes. Der nächste Grund aber war, daß jener König glaubte, auf diese Weise einen Mangel an den Zahlungsmitteln verhütet zu haben, die täglich im Handelsverkehr der Bürger im Umlauf waren. Auch war er der Ansicht, ein König werde bei allen unvermeidlichen Ausgaben, die den Staatsschatz über das gesetzliche Maß hinaus belasten, keine Möglichkeiten zu einer gewaltsamen Maßnahme suchen. Einen solchen König werden die Bösen fürchten und die Guten lieben. Würde ich also dies und noch mehr dergleichen bei Leuten vorbringen, die leidenschaftlich den entgegengesetzten Grundsätzen huldigen, was für tauben Ohren würde ich da wohl predigen?“

„Stocktauben, ohne Zweifel“, erwiderte ich. „Und in der Tat, darüber wundere ich mich auch gar nicht. Auch will es mir, um die Wahrheit zu sagen, nicht angebracht erscheinen, derartige Reden zu halten und solche Ratschläge zu erteilen, die, wie man sicher weiß, niemals befolgt werden. Was könnte denn auch der Nutzen einer so ungewöhnlichen Rede sein, oder wie sollte sie überhaupt eine Wirkung ausüben auf Leute, die von einer ganz anderen Überzeugung voreingenommen und tief durchdrungen sind? Unter lieben Freunden, im vertraulichen Gespräch, ist solches theoretisches Philosophieren nicht ohne Reiz, aber in einem Rate von Fürsten, wo mit gewichtiger Autorität über Fragen von Bedeutung verhandelt wird, ist für so etwas kein Platz."

„Da haben wir ja", rief er, „was ich immer sagte: An Fürstenhöfen will man eben von Philosophie nichts wissen."

„Gewiß", erwiderte ich, „es ist wahr: nichts von dieser rein theoretischen Philosophie, die da meint, jeder beliebige Satz sei überall am Platze. Aber es gibt ja noch eine andere Art von Philosophie, die die besonderen Bedingungen ihres Landes und ihrer Zeit besser kennt. Ihr ist die Bühne, auf der sie zu spielen hat, bekannt, sie paßt sich ihr an und führt ihre Rolle in dem Stück, das gerade gegeben wird, gefällig und mit Anstand durch. Das ist die Philosophie, die für dich in Betracht kommt. Wie wäre es übrigens, wenn du bei der Aufführung einer Komödie des Plautus, gerade während die Haussklaven untereinander Possen treiben, in der Tracht eines Philosophen auf der Bühne erschienest und aus der Octavia die Stelle hersagtest, in der Seneca mit Nero disputiert? Wäre es da nicht besser, du trätest nur als Statist auf, anstatt Unpassendes zu deklamieren und dadurch eine solche Tragikomödie vorzuführen? Du würdest ja das Stück, das man gerade spielt, verderben und über den Haufen werfen, indem du so ganz Verschiedenartiges durcheinandermengst, selbst wenn das, was du bringst, der wertvollere Beitrag wäre. Was für ein Stück gerade aufgeführt wird, darin mußt du so gut wie möglich mitspielen, und du darfst das ganze Stück nicht deshalb in Unordnung bringen, weil dir ein hübscheres von einem anderen Verfasser in den Sinn gekommen ist.

So ist es im Staate, so bei den Beratungen der Fürsten. Kann man verkehrte Meinungen nicht mit der Wurzel ausrotten und kann man Übeln, die sich durch lange Gewohnheit eingenistet haben, nicht nach seiner innersten Überzeugung abhelfen, so darf man deshalb doch nicht gleich den Staat im Stiche lassen und im Sturme das Schiff nicht deshalb preisgeben, weil man den Winden nicht Einhalt gebieten kann. Man darf auch nicht den Menschen eine ungewöhnliche und lästige Rede aufdrängen, die, wie man weiß, auf Leute, die entgegengesetzter Meinung sind, gar keinen Eindruck machen wird. Man muß es lieber auf einem Umwege versuchen und sich bemühen, an seinem Teile alles geschickt zu behandeln und, was man nicht zum Guten wenden kann, wenigstens zu einem möglichst kleinen Übel werden zu lassen. Denn unmöglich können alle Verhältnisse gut sein, solange nicht alle Menschen gut sind. Darauf aber werde ich wohl noch manches Jahr warten müssen."

„Dieses Verhalten", meinte er, „hätte nichts anderes zur Folge, als daß ich, in dem Bestreben, die Raserei anderer zu heilen, selber mit ihnen zu rasen anfinge. Denn wenn ich die Wahrheit sagen will, so muß ich so reden; ob es dagegen eines Philosophen würdig ist, die Unwahrheit zu sagen, weiß ich nicht. Mir wenigstens widerstrebt es. Es mag schon sein, daß meine Rede jenen Leuten vielleicht unwillkommen und lästig ist. Trotzdem aber sehe ich nicht ein, warum sie ihnen bis zur Unschicklichkeit ungewöhnlich erscheinen sollte. Wenn ich nun entweder das anführte, was Plato in seinem Staate fingiert, oder das, was die Utopier in ihrem Staate tun, so könnte das, obgleich es an sich das Bessere wäre – und das ist es auch wirklich –, doch unpassend erscheinen, weil es hier Privatbesitz der einzelnen gibt, dort aber alles gemeinsamer Besitz aller ist.

Wie ist es denn nun aber eigentlich mit *meiner* Rede? Abgesehen davon, daß den Leuten, die auf einem anderen Wege kopfüber vorwärtsstürzen wollen, ein Mann nicht lieb sein kann, der sie zurückruft und auf Gefahren aufmerksam macht, was enthielt sie denn sonst, das nicht überall gesagt werden dürfte oder sogar gesagt werden sollte? Müßte man freilich alles als unerhört und widersinnig beiseite lassen, was verkehrter menschlicher Anschauung zufolge als seltsam erscheint, dann müßten wir unter den Christen das meiste von allem geheimhalten, was Christus gelehrt und uns so streng zu verleugnen verboten hat, daß er uns sogar geboten hat, auch das, was er seinen Jüngern nur ins Ohr geflüstert hatte, öffentlich auf den Dächern zu verkünden. Steht doch diese Lehre zum größten Teile weit weniger im Einklang mit unseren heutigen Sitten als meine Rede, nur daß die Volksredner in ihrer Schlauheit, wie mir scheint, deinen Rat befolgt haben. Als sie nämlich sahen, daß die Menschen nur ungern ihr Verhalten der Vorschrift Christi anpaßten, paßten sie umgekehrt seine Lehre, als wäre sie biegsam wie ein Richtmaß aus Blei, den herrschenden Sitten an, damit beides einigermaßen wenigstens in Übereinstimmung miteinander gebracht würde. Ich kann aber nicht einsehen, welchen Nutzen sie damit gestiftet haben, außer daß die Bosheit größere Sicherheit genießt, und ich selbst würde in der Tat in dem Rate eines Fürsten ebensowenig Nutzen stiften. Entweder nämlich würde ich eine abweichende Meinung äußern – das wäre dann genau so, als wenn ich gar nichts sagte –, oder eine zustimmende, und damit würde ich zum Helfershelfer ihres Wahnsinns, wie Micio bei Terenz sagt. Denn was jenen von dir erwähnten Umweg anlangt, so kann ich nicht einsehen, was für eine Bewandtnis es damit haben soll. Du meinst, man müsse auf ihm zu erreichen suchen, daß die Verhältnisse, wenn man sie nun einmal nicht gründlich bessern kann, wenigstens geschickt behandelt werden und sich, soweit das geht, möglichst wenig schlecht gestalten. Denn von Vertuschen kann hier keine Rede sein, und die Augen darf man nicht zudrücken. Die schlechtesten Ratschläge sollen offen gebilligt und die verderblichsten Verfügungen unterschrieben werden. Ein Schurke, ja fast ein Hochverräter würde sein, wer unheilvolle Beschlüsse in arglistiger Weise doch guthieße.

Ferner bietet sich einem gar keine Gelegenheit, sich irgendwie nützlich zu machen, wenn man unter solche Amtsgenossen gerät, die auch den besten Mann verderben, anstatt sich selbst durch ihn bessern zu lassen. Der Umgang mit diesen verdorbenen Menschen wird dich entweder auch verderben, oder, wenn du auch selbst unbescholten und ohne Schuld bleibst, so wirst du doch fremder Bosheit und Torheit zum Deckmantel dienen. So viel fehlt also daran, daß du mit jenem deinen Umwege etwas zum Besseren wenden könntest.

Deshalb erklärt auch Plato mit einem wunderschönen Gleichnis, warum sich die Weisen mit Fug und Recht von politischer Betätigung fernhalten sollen. Sie sehen nämlich, wie das Volk auf die Straßen strömt und ununterbrochen von Regengüssen durchnäßt wird, können es aber nicht dazu bewegen, sich vor dem Regen in Sicherheit zu bringen und in die Häuser zu gehen. Weil sie aber wissen, daß sie, wenn sie auch auf die Straße gehen, nichts weiter erreichen, als daß sie selbst mit einregnen, so bleiben sie im Hause und sind damit zufrieden, wenigstens selber in Sicherheit zu sein, wenn sie schon fremder Torheit nicht steuern können.

Wenn ich freilich ganz offen meine Meinung kundgeben soll, mein lieber Morus, so muß ich sagen: ich bin in der Tat der Ansicht, überall, wo es noch Privateigentum gibt, wo alle an alles das Geld als Maßstab anlegen, wird kaum jemals eine gerechte und glückliche Politik möglich sein, es sei denn, man will dort von Gerechtigkeit sprechen, wo gerade das Beste immer den Schlechtesten zufällt, oder von Glück, wo alles unter ganz wenige verteilt wird und wo es auch diesen nicht in jeder Beziehung gut geht, der Rest aber ein elendes Dasein führt.

So erwäge ich denn oft die so klugen und ehrwürdigen Einrichtungen der Utopier, die so wenig Gesetze und trotzdem eine so ausgezeichnete Verfassung haben, daß das Verdienst belohnt wird und trotz gleichmäßiger Verteilung des Besitzes allen alles reichlich zur Verfügung steht. Und dann vergleiche ich im Gegensatz dazu mit ihren Gebräuchen die so vieler anderer Nationen, die nicht aufhören zu ordnen, von denen allen aber auch nicht eine jemals so richtig in Ordnung ist. Bei ihnen bezeichnet jeder, was er erwirbt, als sein Privateigentum; aber ihre so zahlreichen Gesetze, die sie tagtäglich erlassen, reichen nicht aus, jemandem den Erwerb dessen, was er sein Privateigentum nennt, oder seine Erhaltung oder seine Unterscheidung von fremdem Besitz zu sichern, was jene zahllosen Prozesse deutlich beweisen, die ebenso ununterbrochen entstehen, wie sie niemals aufhören. Wenn ich mir das so überlege, werde ich Plato doch besser gerecht und wundere mich weniger darüber, daß er es verschmäht hat, für jene Leute irgendwelche Gesetze zu erlassen, die eine auf Gesetzen beruhende gleichmäßige Verteilung aller Güter unter alle ablehnen. In seiner großen Klugheit erkannte er offensichtlich ohne weiteres, daß es nur einen einzigen Weg zum Wohle des Staates gibt: die Einführung der Gleichheit des Besitzes.

Diese ist aber wohl niemals dort möglich, wo die einzelnen ihr Hab und Gut noch als Privateigentum besitzen. Denn, wo jeder auf Grund gewisser Rechtsansprüche an sich bringt, soviel er nur kann, teilen nur einige wenige die gesamte Menge der Güter unter sich, mag sie auch noch so groß sein, und lassen den anderen nur Mangel und Not übrig. Und in der Regel ist es so, daß die einen in höchstem Grade das Los der anderen verdienen; denn die Reichen sind habgierige, betrügerische und nichtsnutzige Menschen, die Armen dagegen bescheidene und schlichte Männer, die durch ihre tägliche Arbeit dem Gemeinwesen mehr als sich selbst nützen. Ich bin daher der festen Überzeugung, das einzige Mittel, auf irgendeine gleichmäßige und gerechte Weise den Besitz zu verteilen und die Sterblichen glücklich zu machen, ist die gänzliche Aufhebung des Privateigentums. Solange es das noch gibt, wird der weitaus größte und beste Teil der Menschheit die beängstigende und unvermeidliche Last der Armut und der Kümmernisse dauernd weiterzutragen haben. Sie kann wohl ein wenig erleichtert werden, das gebe ich zu; aber sie völlig zu beseitigen, das ist, so behaupte ich, unmöglich. Man könnte ja für den Besitz des einzelnen an Grund und Boden ein bestimmtes Höchstmaß festsetzen und ebenso eine bestimmte Grenze für das Barvermögen; man könnte auch durch Gesetze einer zu großen Macht des Fürsten und einer zu großen Anmaßung des Volkes vorbeugen. Ferner könnte man die Erlangung von Ämtern durch allerlei Schliche oder durch Bestechung und die Forderung von Aufwand während der Amtstätigkeit unterbinden. Andernfalls nämlich bietet sich Gelegenheit, sich das verausgabte Geld durch Betrug und Raub wieder zu verschaffen, und man sieht sich gezwungen, reichen Leuten *die* Ämter zu geben, die man lieber Fähigen hätte geben sollen. Durch solche Gesetze kann man die erwähnten Übelstände wohl mildern und abschwächen, ebenso wie man kranke Körper in hoffnungslosem Zustande durch unablässige warme Umschläge zu stärken pflegt. Aber auf eine vollständige Behebung der Übelstände und auf den Eintritt eines erfreulichen Zustandes darf man ganz und gar nicht hoffen, solange jeder noch Privateigentum besitzt. Ja, während man an der einen Stelle zu heilen sucht, verschlimmert man die Wunde an anderen Stellen. So entsteht abwechselnd aus der Heilung des einen die

Krankheit des anderen; denn niemandem kann man etwas zulegen, was man einem anderen nicht erst weggenommen hat."

„Aber ich bin gerade der entgegengesetzten Meinung", erwiderte ich, „daß man sich nämlich niemals dort wohl fühlen kann, wo Gütergemeinschaft herrscht. Denn wie könnte die Menge der Güter ausreichen, wenn jeder sich um die Arbeit drückt, weil ihn ja keine Rücksicht auf Erwerb zur Arbeit anspornt und weil ihn die Möglichkeit, sich auf den Fleiß anderer zu verlassen, träge werden läßt? Aber wenn auch die Not die Menschen zur Arbeit anstacheln sollte, würde man da nicht dauernd durch Mord und Aufruhr in Gefahr schweben, falls niemand auf Grund irgendeines Gesetzes das, was er erwirbt, als sein Eigentum schützen könnte? Zumal wenn die Autorität der Behörden und die Achtung vor ihnen geschwunden ist, wie könnte dann für beides Platz sein bei Menschen, zwischen denen keinerlei Unterschied besteht? Das kann ich mir nicht einmal vorstellen."

„Über diese deine Ansichten wundere ich mich gar nicht", erwiderte Raphael; „denn von einem solchen Staate hast du entweder gar keine Anschauung oder nur eine falsche. Wärest du jedoch mit mir in Utopien gewesen und hättest du dort mit eigenen Augen die Sitten und Einrichtungen kennengelernt, wie ich es getan habe, der ich über fünf Jahre dort gelebt habe und gar nicht wieder hätte fortgehen mögen, außer um die Kenntnis von dieser neuen Welt zu verbreiten, so würdest du entschieden zugeben, du habest nirgends anderswo ein Volk mit einer guten Verfassung gesehen außer dort."

„Und doch", sagte Peter Ägid, „wirst du mich in der Tat nur schwer davon überzeugen können, daß es in jener neuen Welt ein Volk mit besserer Verfassung gibt als in dieser uns bekannten. Haben wir doch hier ebenso kluge Köpfe, und die Staatswesen sind, meine ich, älter als dort; auch verdanken unsere Kulturgüter ihre Entstehung zum größten Teile langer Erfahrung, wobei ich nicht unerwähnt lassen will, daß bei uns manches durch Zufall entdeckt worden ist, was zu erdenken kein Scharfsinn ausgereicht hätte."

„Über das Alter der Staaten würdest du richtiger urteilen können“, erwiderte jener, „wenn du die Geschichtswerke über jene Welt genau gelesen hättest. Darf man ihnen glauben, so hat es dort früher Städte gegeben als bei uns Menschen. Alles aber, was bis heute der Scharfsinn erfunden oder der Zufall entdeckt hat, konnte hier wie dort vorhanden sein. Im übrigen ist es meine feste Überzeugung: Mögen wir jenen Leuten auch an Gaben des Geistes voraussein, an Eifer und Fleiß bleiben wir trotzdem weit hinter ihnen zurück. Wie nämlich aus ihren Chroniken hervorgeht, hatten sie vor unserer Landung dort niemals etwas von unserer Welt gehört – sie nennen uns Ultraäquinoktialen –, außer daß in alten Zeiten, vor nunmehr 1200 Jahren, in der Nähe der Insel Utopia ein vom Sturm dorthin verschlagenes Schiff durch Schiffbruch unterging. Dabei warfen die Wellen etliche Römer und Ägypter an den Strand, die dann nie wieder fortgingen.

Und nun sieh, wie die Utopier in ihrem Fleiße diese in ihrer Art einzige Gelegenheit ausnutzten! Es gab im ganzen römischen Reiche keine irgendwie nützliche Kunstfertigkeit, die sie nicht von den gestrandeten Fremdlingen erlernt oder die sie nicht, im Besitze der Keime ihrer Kenntnis, weiter ausgebildet hätten. Von solchem Vorteil war es für sie, daß auch nur ein einziges Mal ein paar Leute von hier dorthin verschlagen wurden. Sollte aber ein ähnlicher glücklicher Zufall früher einmal jemanden von dort hierher gebracht haben, so ist das heute ebenso gänzlich vergessen, wie sich vielleicht spätere Geschlechter auch meines Aufenthaltes dort nicht mehr erinnern werden. Und während sich die Utopier schon bei der ersten Berührung mit uns alle unsere nützlichen Erfindungen aneigneten, wird es dagegen lange dauern, bis *wir* irgendeine Einrichtung übernehmen, die bei ihnen besser ist als bei uns. Dies halte ich auch für den Hauptgrund dafür, daß trotz unserer geistigen und materiellen Überlegenheit ihr Staat dennoch klüger verwaltet wird und glücklicher aufblüht.“

„Also, mein lieber Raphael“, sagte ich, „so bitte ich dich dringend, gib uns eine Beschreibung der Insel und fasse dich nicht zu kurz, sondern erläutere uns der Reihe nach Landschaft, Flüsse, Städte, Menschen, Sitten,

Einrichtungen, Gesetze, kurz alles, was wir, wie du meinst, gern kennenlernen wollen! Du kannst aber annehmen, daß wir alles wissen möchten, was wir bis jetzt nicht wissen."

„Nichts werde ich lieber tun", erwiderte er; „denn das habe ich noch frisch im Gedächtnis. Aber die Sache erfordert Zeit."

„So wollen wir denn hineingehen", sagte ich, „und frühstücken; dann nehmen wir uns Zeit, ganz wie es uns beliebt!"

„Einverstanden!" erwiderte er.

Und so gingen wir ins Haus und frühstückten. Danach kehrten wir an den alten Platz zurück und nahmen auf derselben Bank Platz. Den Dienern sagte ich, wir wollten von niemandem gestört werden. Dann erinnerten Peter Ägid und ich den Raphael an sein Versprechen. Als er uns nun in solcher Spannung und Erwartung sah, saß er erst eine Weile schweigend und nachdenklich da, dann begann er folgendermaßen.

Zweites Buch

Des Raphael Hythlodeus Rede über den besten Zustand des Staates

Von Thomas Morus

Die Insel der Utopier hat in der Mitte – da ist sie nämlich am breitesten – eine Ausdehnung von 200 Meilen, ist über eine große Strecke hin nicht viel schmäler und nimmt nach den beiden Enden zu allmählich ab. Diese runden die ganze Insel zu einem Halbkreise von 500 Meilen Umfang ab und geben ihr die Gestalt des zunehmenden Mondes. Zwischen den beiden Hörnern befindet sich eine Meeresbucht von etwa elf Meilen Breite. Land umgibt diese gewaltige Wasserfläche auf allen Seiten und schützt sie vor Winden. Sie ist weniger stürmisch bewegt und gleicht mehr einem ruhigen See von ungeheurer Ausdehnung, macht fast die ganze Ausbuchtung des Landes zu einem Hafen und ermöglicht den Schiffsverkehr nach allen Richtungen.

Die Einfahrt in den Hafen gefährden auf der einen Seite Untiefen und auf der anderen Klippen. Etwa in der Mitte ragt ein einzelner Felsen empor, der aber ungefährlich ist. Auf ihm steht ein Turm, in den die Utopier eine Besatzung gelegt haben. Die übrigen Klippen sind unsichtbar und deshalb gefährlich. Die Fahrstraßen kennen nur die Eingeborenen, und so kann ein Ausländer ohne einen Lotsen aus Utopien nur schwer in diese Bucht eindringen; könnten doch die Utopier selber kaum ohne Gefahr dort einlaufen, wenn nicht gewisse Seezeichen vom Strande aus die Richtung angäben, und durch ihre Umsetzung wären sie imstande, jeder auch noch so großen feindlichen Flotte den Untergang zu bereiten.

Auf der anderen Seite liegen gut besuchte Häfen. Aber überall ist der Zugang zum Lande so stark durch Natur oder Kunst befestigt, daß auch nur eine Handvoll Verteidiger selbst gewaltige Truppenmassen abwehren könnte. Übrigens war dieses Land, wie man berichtet und wie der Augenschein deutlich zeigt, vor Zeiten noch keine Insel. Vielmehr hat erst Utopus, der als Eroberer die Insel nach sich benannt hat – bis dahin hieß sie Abraxa – und der den rohen und unkultivierten Volksstamm in Kultur und Gesittung auf eine solche Höhe gebracht hat, daß er die übrigen Völker übertrifft, das Land zur Insel gemacht. Kaum war er nämlich dort gelandet und Herr des Landes geworden, so ließ er eine Strecke von 15 Meilen auf der Seite, wo die Halbinsel mit dem Festlande zusammenhing, ausstechen und führte so das Meer ringsherum. Da er zu dieser Arbeit, um sie nicht als Schmach empfinden zu lassen, nicht nur die Eingeborenen zwang, sondern außerdem alle seine Soldaten hinzuzog, verteilte sie sich auf eine gewaltige Menge Menschen, und so wurde das Werk mit unglaublicher Schnelligkeit vollendet. Bei den Nachbarvölkern aber, die es anfangs als ein aussichtsloses Beginnen ins Lächerliche gezogen hatten, erregte der Erfolg Staunen und Schrecken.

Die Insel hat 54 Städte, alle geräumig und prächtig, in Sprache, Sitten, Einrichtungen und Gesetzen einander völlig gleich. Sie sind alle in derselben Weise angelegt und haben, soweit das bei der Verschiedenheit des Geländes möglich ist, dasselbe Aussehen. Die geringste Entfernung zwischen ihnen beträgt 24 Meilen; anderseits wieder ist keine so abgelegen, daß man nicht von ihr aus eine andere an *einem* Tage zu Fuß erreichen könnte.

Aus jeder Stadt kommen alljährlich drei erfahrene Greise in Amaurotum zusammen, um sich über gemeinsame Angelegenheiten der Insel zu beraten. Diese Stadt wird nämlich als erste und als Hauptstadt betrachtet, weil sie gleichsam im Herzen des Landes und somit für die Abgeordneten aller Landesteile bequem liegt.

Ackerland ist den Städten planmäßig zugeteilt, und zwar so, daß einer jeden nach jeder Richtung hin mindestens 12 Meilen Anbaufläche zur Verfügung stehen, nach manchen Richtungen hin jedoch noch viel mehr, nämlich dort, wo die Städte weiter auseinanderliegen. Keine Stadt ist auf Erweiterung ihres Gebietes bedacht; denn die Einwohner betrachten sich mehr als seine Bebauer denn als seine Besitzer.

Auf dem flachen Lande haben die Utopier Höfe, die zweckmäßig über die ganze Anbaufläche verteilt und mit landwirtschaftlichen Geräten versehen sind; in ihnen wohnen Bürger, die abwechselnd dorthin ziehen. Jeder ländliche Haushalt zählt an Männern und Frauen mindestens 40 Köpfe, wozu noch zwei zur Scholle gehörige Knechte kommen. Einem Haushalte stehen ein Hausvater und eine Hausmutter vor, gesetzte und an Erfahrung reiche Personen, und an der Spitze von je 30 Familien steht ein Phylarch.

Aus jeder Familie wandern jährlich 20 Personen in die Stadt zurück, nachdem sie zwei ganze Jahre auf dem Lande zugebracht haben, und werden durch ebensoviel neue aus der Stadt ersetzt. Diese werden dann von denen, die schon ein Jahr dort gewesen sind und deshalb größere Erfahrung in der Landwirtschaft besitzen, angelernt, um ihrerseits wiederum im folgenden Jahre andere zu unterweisen. Dadurch will man Fehler in der Getreideversorgung verhüten, die infolge Mangels an Erfahrung gemacht werden könnten, wenn alle dort zu gleicher Zeit unerfahrene Neulinge wären. Diese Sitte, mit den Bebauern zu wechseln, ist zwar die gewöhnliche, weil niemand gegen seinen Willen und nur unter Zwang das mühsamere Leben auf dem Lande länger ohne

Unterbrechung zubringen soll; viele jedoch, denen die Landwirtschaft von Natur Freude macht, erwirken sich einen Aufenthalt von mehr Jahren.

Die Ackerbauer bestellen das Land, treiben Viehzucht, beschaffen Holz und fahren es bei Gelegenheit zu Wasser oder zu Lande nach der Stadt. Kücken ziehen sie in gewaltiger Menge auf, und zwar mit Hilfe einer wunderbaren Vorrichtung. Sie lassen nämlich die Hühnereier nicht von den Hennen ausbrüten, sondern setzen sie in großer Zahl einer gleichmäßigen Wärme aus, erwecken sie dadurch zum Leben und ziehen dann die Kücken groß. Kaum sind diese ausgeschlüpft, so laufen sie den Menschen wie ihren Müttern nach und erkennen sie immer wieder. Pferde ziehen die Utopier in ganz geringer Zahl auf, und zwar nur sehr feurige Tiere; sie sind einzig und allein für Übungen der Jugend in der Reitkunst bestimmt. Denn alle Arbeit bei der Feldbestellung oder beim Transport verrichten Ochsen. Sie sind zwar, wie die Utopier offen zugeben, nicht so feurig wie die Pferde, besitzen aber dafür ihrer Meinung nach mehr Ausdauer und eine größere Widerstandsfähigkeit gegen Krankheiten. Außerdem erfordert ihr Unterhalt weniger Aufwand an Mühe und Kosten, und zuletzt sind sie, wenn sie ausgedient haben, doch noch für die Ernährung zu gebrauchen.

Getreide verwenden die Utopier nur zur Brotbereitung; denn als Getränk dient ihnen Wein von Trauben oder Äpfeln oder Birnen oder schließlich auch Wasser, das sie bisweilen unvermischt trinken, oft aber auch mit Honig oder Süßholz verkocht, das es bei ihnen in nicht geringer Menge gibt. Den Verbrauch von Lebensmitteln durch die Stadt und ihre Umgebung haben sie zwar ermittelt und kennen ihn ganz genau, trotzdem bauen sie viel mehr Getreide an und ziehen auch viel mehr Vieh auf, als für den Eigenbedarf nötig ist, um dann den Überschuß an ihre Nachbarn abzugeben. Alles, was sie an Hausrat brauchen, den es auf dem Lande nicht gibt, verlangen sie von der Stadt und erhalten es auch ohne jede Gegenleistung bereitwillig von den Behörden; denn die meisten von ihnen kommen sowieso in jedem Monat an einem Feiertage in der Stadt zusammen. Wenn die Erntezeit naht, melden die Phylarchen der Ackerbauer den städtischen Behörden, wieviel Bürger sie ihnen schicken sollen. Diese Schar Erntearbeiter trifft am festgesetzten Tage rechtzeitig ein, und bei gutem Wetter erledigt man dann so ziemlich an einem einzigen Tage die gesamte Erntearbeit.

Die Städte, namentlich Amaurotum

Wer *eine* Stadt kennt, kennt *alle*: so völlig ähnlich sind sie einander, soweit nicht die Beschaffenheit des Geländes dem entgegensteht. Ich will deshalb irgendeine beschreiben; es kommt nämlich wirklich nicht viel darauf an, welche. Aber welche lieber als Amaurotum? Denn keine verdient es mehr, da dieser Stadt die übrigen die Würde als Sitz des Senats übertragen haben und da ich sie infolge meines ununterbrochenen fünfjährigen Aufenthaltes dort besser als jede andere kenne.

Amaurotum also liegt am flachen Abhange eines Berges und ist fast quadratisch angelegt. Denn in voller Breite beginnt die Stadt ein wenig unterhalb des Gipfels und erstreckt sich etwa zwei Meilen weit bis zum Flusse Anydrus, wobei sie sich längs des Ufers beträchtlich länger hinzieht. Der Anydrus entspringt aus einer schwachen Quelle 80 Meilen oberhalb Amaurotums, wird dann durch den Zufluß anderer Wasserläufe, darunter zweier von mittlerer Größe, wasserreicher und breiter und ist vor der Stadt selbst eine halbe Meile breit. Bald darauf nimmt er an Breite noch mehr zu und mündet dann 60 Meilen weiter in den Ozean. Auf dieser ganzen Strecke zwischen der Stadt und dem Meere sowie noch ein paar Meilen oberhalb der Stadt hemmen Ebbe und Flut in ihrem sechsstündigen Wechsel den schnellen Lauf des Flusses. Wenn die Meeresflut 30 Meilen tief eindringt, drängt sie das Wasser des Flusses zurück und füllt sein Bett vollständig mit ihren Wellen. Das Flußwasser nimmt dann noch ein ganzes Stück weiter stromaufwärts den Salzgeschmack des Meeres an; von da ab wird es allmählich wieder süß, fließt klar durch die Stadt und drängt der bei Ebbe zurückströmenden Flut fast bis zur Mündung rein und unvermischt nach.

Die Brücke, die Amaurotum mit dem gegenüberliegenden Ufer verbindet, besteht nicht aus hölzernen Pfeilern und Balken, sondern ist ein Steinbau mit einem wunderschönen Brückenbogen. Sie befindet sich an der Stelle, die vom Meere am weitesten entfernt ist, damit die Schiffe an dieser ganzen Seite der Stadt ungehindert entlangfahren können.

Es gibt dort noch einen anderen Wasserlauf, der zwar nur klein, aber recht ruhig und erfreulich ist. Er entspringt auf demselben Berge, auf dem die Stadt liegt, fließt mitten durch sie und mündet in den Anydrus. Weil seine Quelle ein Stück außerhalb der Stadt liegt, haben sie die Amaurotaner ringsum mit Befestigungen umgeben, die bis zur Stadt reichen. So gehört die Quelle zur Stadt, und beim Einbruch einer feindlichen Macht kann das Wasser nicht abgefangen und abgelenkt oder verdorben werden. Von dort aus leitet man es in Röhren aus gebranntem Stein in verschiedenen Richtungen zu den unteren Stadtteilen. Läßt das irgendwo die Beschaffenheit des Geländes nicht zu, so sammelt man in geräumigen Zisternen das Regenwasser, das dann den gleichen Dienst leistet.

Eine hohe und breite Mauer mit zahlreichen Türmen und Schutzwehren umgibt die Stadt auf allen Seiten; ein trockener, aber tiefer, breiter und durch Dorngestrüpp unwegsamer Graben umzieht die Stadtmauer auf drei Seiten; auf der vierten dient der Fluß selbst als Wehrgraben.

Die Straßen sind ebenso zweckmäßig für den Wagenverkehr wie für den Windschutz angelegt. Die Häuser sind keineswegs unansehnlich; man übersieht ihre lange und längs der ganzen Straße ununterbrochene Reihe von der gegenüberliegenden Häuserfront aus. Der Weg zwischen diesen beiden Fronten ist 30 Fuß breit. An der Rückseite der Häuser zieht sich die ganze Straße entlang eine breite Gartenanlage hin, die von der Rückseite anderer Häuserreihen eingezäunt ist.

Jedes Haus hat einen Eingang von der Straße her und eine Hintertür, die in den Garten führt. Die Türen haben zwei Flügel, lassen sich durch einen leisen Druck mit der Hand öffnen und schließen sich dann von selbst wieder, so daß ein jeder ins Haus hinein kann: so wenig ist irgendwo etwas Eigentum eines einzelnen; denn sogar die Häuser wechselt man alle zehn Jahre, und zwar verlost man sie.

Auf die erwähnten Gärten halten die Utopier große Stücke. In ihnen haben sie Wein, Obst, Gemüse und Blumen in solcher Pracht und Pflege, daß es alles übertrifft, was ich irgendwo an Fruchtbarkeit und gutem Geschmack gesehen habe. Ihren Eifer dabei spornt nicht bloß ihr Vergnügen an der Gartenarbeit an, sondern auch der Wettstreit der Straßenzüge in der Pflege der einzelnen Gärten. Und sicherlich wird man nicht leicht in der ganzen Stadt etwas finden, was für die Bürger nützlicher oder unterhaltsamer wäre, und, wie es scheint, hat deshalb auch der Gründer des Reiches auf nichts größere Sorgfalt verwendet als auf derartige Gärten.

Wie es nämlich heißt, hat Utopus selber gleich von Anfang an diesen ganzen Plan der Stadt festgelegt. Die Ausschmückung jedoch und den weiteren Ausbau überließ er den Nachkommen in der Erkenntnis, daß *ein* Menschenalter dazu nicht ausreichen werde. Daher steht in den Geschichtsbüchern der Utopier, die die Geschichte von 1760 Jahren seit Eroberung der Insel umfassen, fleißig und gewissenhaft geschrieben sind und von ihnen aufbewahrt werden, die Häuser seien im Anfang niedrig gewesen, eine Art Baracken und Hütten, ohne Sorgfalt aus irgendwelchem Holz errichtet, die Wände mit Lehm verschmiert, mit spitzen Giebeln und Strohdächern. Aber heutzutage ist jedes Haus ein stattlicher Bau von drei Stockwerken; die Außenseite der Wände besteht aus Granit oder einer anderen harten oder auch gebrannten Steinmasse, die inwendig mit Schutt ausgefüllt wird. Die Dächer sind flach und mit einer gewissen Stuckmasse belegt, die nicht teuer, aber so zusammengesetzt ist, daß sie nicht brennt und noch wetterfester als Blei ist. Vor den Winden schützen sich die Utopier durch Fenster aus Glas, das dort sehr viel verwendet wird; bisweilen benutzen sie auch an dessen Stelle dünne Leinwand, die sie mit durchsichtigem Öl oder einer Bernsteinmasse bestreichen. Das hat den doppelten Vorteil, daß mehr Licht und weniger Wind durchgelassen wird.

Die Obrigkeiten

Je dreißig Familien wählen sich alljährlich einen Vorsteher; in der alten Landessprache heißt er Syphogrant, in der jüngeren Phylarch. Zehn

Syphogranten mit ihren Familien unterstehen einem Vorgesetzten, der jetzt Protophylarch genannt wird, in alten Zeiten aber Tranibore hieß. Schließlich ernennen die Syphogranten in ihrer Gesamtheit, zweihundert an der Zahl, auch den Bürgermeister. Nachdem sie sich eidlich verpflichtet haben, den nach ihrer Ansicht Tüchtigsten zu wählen, ernennen sie auf Grund geheimer Abstimmung einen der vier Bürger, die ihnen das Volk namhaft macht, zum Bürgermeister; jedes Stadtviertel wählt nämlich einen und schlägt ihn dem Senat vor. Das Amt wird auf Lebenszeit verliehen, wenn dem nicht der Verdacht entgegensteht, es gelüste den Inhaber nach Alleinherrschaft. Die Traniboren wählt man jährlich, doch wechselt man mit ihnen nicht ohne triftige Gründe. Die übrigen Beamten werden alle auf ein Jahr gewählt. Alle drei Tage, im Bedarfsfalle bisweilen auch öfter, kommen die Traniboren mit dem Bürgermeister zu einer Beratung zusammen, besprechen Stadtangelegenheiten und entscheiden rasch etwa vorliegende Privatstreitigkeiten, die übrigens ganz selten sind. Zu den Senatssitzungen werden regelmäßig zwei Syphogranten hinzugezogen, die jeden Tag wechseln; dabei ist vorgesehen, daß keine städtische Angelegenheit entschieden wird, über die nicht drei Tage vor der Beschlußfassung im Senat verhandelt worden ist. Außerhalb des Senats oder der Volksversammlungen über allgemeine Angelegenheiten zu beraten, ist bei Todesstrafe verboten. Diese Bestimmung soll eine tyrannische Unterdrückung des Volkes und eine Änderung der Verfassung durch eine Verschwörung des Bürgermeisters und der Traniboren erschweren. Und eben deshalb wird auch jede wichtige Angelegenheit vor die Versammlungen der Syphogranten gebracht; diese besprechen sie mit den Familien, beraten dann unter sich und teilen ihre Entscheidung dem Senat mit. Zuweilen kommt die Sache vor den Rat der ganzen Insel. Auch ist es eine Gewohnheit des Senats, über einen Antrag nicht gleich an dem Tage zu beraten, an dem er zum ersten Male eingebracht wird, sondern die Verhandlung auf die nächste Sitzung zu verschieben. Es soll nämlich niemand unbedachtsam mit dem herausplatzen, was ihm zuerst auf die Zunge kommt, und dann mehr auf die Verteidigung seiner Ansicht als auf das Interesse der Stadt bedacht sein. Auch soll niemand das Gemeinwohl der Erhaltung der guten Meinung von seiner Person opfern, in einer Art sinnloser und verkehrter Scham, weil er sich nicht merken lassen will, daß er es im Anfang an der nötigen Voraussicht hat fehlen lassen, während er doch von vornherein darauf hätte bedacht sein müssen, lieber überlegt als rasch zu sprechen.

Die Handwerke

Ein Gewerbe betreiben alle, Männer und Frauen ohne Unterschied: den Ackerbau, und auf ihn versteht sich jedermann. Von Jugend auf werden sie darin unterwiesen, zum Teil durch Unterricht in den Schulen, zum Teil auch auf den Feldern in der Nähe der Stadt, wohin man sie wie zu einem Spiele führt. Hier sehen sie der Arbeit nicht bloß zu, sondern üben sie auch aus und stärken bei dieser Gelegenheit zugleich ihre Körperkräfte.

Neben der Landwirtschaft, die, wie gesagt, alle betreiben, erlernt jeder noch irgendein Handwerk als seinen besonderen Beruf. Das ist in der Regel entweder die Tuchmacherei oder die Leineweberei oder das Maurer- oder das Zimmermanns- oder das Schmiedehandwerk. In keinem anderen Berufe nämlich ist dort eine nennenswerte Anzahl Menschen beschäftigt. Denn der Schnitt der Kleidung ist, abgesehen davon, daß sich die Geschlechter sowie die Ledigen und die Verheirateten in der Tracht voneinander unterscheiden, auf der ganzen Insel einheitlich und stets der gleiche in jedem Lebensalter, wohlgefällig fürs Auge, bequem für die Körperbewegung und vor allem für Kälte und Hitze berechnet. Diese Kleidung fertigt sich jede Familie selber an. Von den obenerwähnten anderen Gewerben aber erlernt jeder eins, und zwar nicht nur die Männer, sondern auch die Frauen. Letztere jedoch, als die körperlich Schwächeren, üben nur die leichteren Gewerbe aus; in der Regel verarbeiten sie Wolle und Flachs; den Männern weist man die übrigen, mühsameren Beschäftigungen zu. Meistenteils erlernt jeder das väterliche Handwerk; denn dazu neigen die meisten von Natur. Hat aber jemand zu einem anderen Berufe Neigung, so nimmt ihn durch Adoption eine Familie auf, die dasjenige Gewerbe betreibt, zu dem er Lust hat. Dabei sorgen nicht nur sein Vater, sondern auch die Behörden dafür, daß er zu einem würdigen und ehrbaren Familienvater kommt. Ja, wenn jemand *ein* Handwerk gründlich erlernt hat und noch ein anderes dazu erlernen will, so ist ihm das auf demselben Wege möglich. Versteht er dann beide, so übt er aus, welches er will, es sei denn, daß die Stadt eins von beiden nötiger braucht.

Die besondere und beinahe einzige Aufgabe der Syphogranten ist es, sich angelegentlich darum zu kümmern, daß niemand untätig herumsitzt, sondern daß jeder sein Gewerbe mit Fleiß betreibt, ohne sich jedoch, gleich einem Lasttiere, in ununterbrochener Arbeit vom frühesten Morgen an bis in die tiefe Nacht abzumühen; denn das wäre eine mehr als sklavische Plackerei. Und doch ist das fast überall das Los der Arbeiter, außer bei den Utopiern. Diese teilen nämlich den Tag mitsamt der Nacht in vierundzwanzig gleiche Stunden ein und kennen eine Arbeitszeit von nur sechs Stunden. Drei Stunden arbeiten sie am Vormittag; danach essen sie zu Mittag und halten eine Rast von zwei Stunden. Dann arbeiten sie wieder drei Stunden und beschließen den Tag mit dem Abendessen. Da sie die erste Stunde von Mittag an rechnen, gehen sie gegen acht Uhr zu Bett; acht Stunden brauchen sie zum Schlafen.

Über all die Zeit zwischen den Stunden der Arbeit, des Schlafes und des Essens darf ein jeder nach seinem Belieben verfügen, nicht etwa um sie durch Schwelgerei und Trägheit schlecht auszunützen, sondern um die arbeitsfreie Zeit nach Herzenslust auf irgendeine andere Beschäftigung nutzbringend zu verwenden. Die meisten treiben in diesen Pausen literarische Studien. Es herrscht nämlich der Brauch, täglich in den frühen Morgenstunden öffentliche Vorlesungen zu halten; zu ihrem Besuche sind diejenigen verpflichtet, die zu wissenschaftlicher Arbeit namentlich ausgewählt sind. Aus jedem Stande aber strömt eine gewaltige Menge Hörer, Männer wie Frauen, zu den Vorlesungen, die einen zu diesen, die anderen zu jenen, je nach ihren persönlichen Neigungen. Wenn jedoch einer auch diese Zeit lieber auf seine berufliche Tätigkeit verwenden will, was bei vielen der Fall ist, deren Geist sich nicht zur Höhe wissenschaftlicher Betrachtung erhebt, so hindert man ihn nicht daran; er erntet vielmehr sogar noch Lob, weil er sich dem Staate nützlich macht.

Nach dem Abendessen verbringen die Utopier noch eine Stunde mit Spielen, während des Sommers in ihren Gärten, während des Winters aber in jenen Sälen, in denen sie gemeinsam essen. Entweder treiben sie dort Musik, oder sie erholen sich in der Unterhaltung. Das Würfeln und andere solche ungehörige und verderbliche Spiele sind ihnen nicht einmal bekannt; üblich jedoch sind bei ihnen zwei dem Schach nicht unähnliche Spiele. Das eine ist der Zahlenkampf, bei dem die Zahlen einander stechen; bei dem anderen kämpfen, in Schlachtreihe aufgestellt, die Tugenden mit den Lastern. In diesem Spiele zeigt sich sehr hübsch der Streit der Laster untereinander und ihre einmütige Verbundenheit gegen die Tugenden, ebenso welche Laster und Tugenden einander entgegengesetzt sind, mit welchen Kräften ferner die Laster offen gegen die Tugenden kämpfen und mit welchen Ränken und Listen sie versteckt angreifen, mit welchen Hilfsmitteln anderseits die Tugenden die Kräfte des Lasters brechen, mit welchen Künsten sie ihre Versuchungen vereiteln und auf welche Weise endlich die eine oder die andere Partei den Sieg davonträgt.

Um aber einer irrtümlichen Auffassung eurerseits vorzubeugen, müssen wir an dieser Stelle einen Punkt genauer betrachten. Wenn die Utopier nämlich nur sechs Stunden arbeiten, könnte man vielleicht meinen, es müsse das einen Mangel an den notwendigen Gütern zur Folge haben. Aber gerade das Gegenteil ist der Fall. Diese Arbeitszeit genügt nicht nur, sondern wird nicht einmal ganz gebraucht zur Produktion eines Vorrats an allem, was zu den Bedürfnissen oder Annehmlichkeiten des Lebens gehört. Das werdet auch ihr einsehen, wenn ihr euch überlegt, ein wie großer Teil des Volkes in anderen Ländern untätig dahinlebt: erstens fast alle Frauen, also die Hälfte der Gesamtheit, oder wenn irgendwo die Frauen arbeiten, schnarchen dort meistens an ihrer Stelle die Männer; außerdem dann die Priester und die sogenannten frommen Männer, was für eine große und faule Schar ist das! Nimm noch all die Reichen und besonders die Grundbesitzer dazu, die man allgemein als Standespersonen und Edelleute bezeichnet! Zu ihnen rechne noch ihre Dienerschaft, jenen ganzen zusammengespülten Haufen von Raufbolden und Windbeuteln! Vergiß schließlich auch die kräftigen und gesunden Bettler nicht, die ihren Müßiggang mit irgendeinem Gebrechen bemänteln, und die Zahl der Leute, die durch ihre Tätigkeit für die gesamten Bedürfnisse der Sterblichen sorgen, wirst du dann viel geringer finden, als du angenommen hast. Und nun überlege dir, wie wenige von diesen selbst mit wirklich notwendigen Arbeiten beschäftigt sind! Da nämlich bei uns das Geld der Maßstab für alles ist, müssen wir viele völlig unnütze und überflüssige Gewerbe betreiben, die bloß der Verschwendung und der Genußsucht dienen. Würde man nämlich diese ganze Masse, die jetzt im Arbeitsprozeß steht, nur auf die so wenigen Gewerbe verteilen, die ein angemessener natürlicher Bedarf erfordert, so würde ein großer Überfluß an Waren entstehen, und die Preise würden notwendigerweise zu tief sinken, als daß die Handwerker ihren Lebensunterhalt davon bestreiten könnten. Aber wenn alle die, die jetzt ihre Kräfte in nutzloser Tätigkeit verzetteln, und wenn noch dazu der ganze Schwarm derer, die jetzt in Nichtstun und Trägheit erschlaffen und von denen jeder einzelne so viel von den Produkten verbraucht, die die Arbeitskraft anderer liefert, wie zwei der Arbeiter, wenn man also alle diese zu Arbeiten, und zwar zu nützlichen, verwendete, so würde, wie leicht einzusehen ist, ungemein wenig Zeit mehr als reichlich genügen, um alles zu beschaffen, was zum Leben notwendig oder nützlich ist; du kannst auch noch hinzusetzen, zum Vergnügen, soweit es echt und natürlich ist. Und das bestätigen in Utopien die Tatsachen selber. Denn dort sind in einer ganzen Stadt einschließlich ihrer nächsten Umgebung aus der Gesamtzahl der nach Alter und Kräften zur Arbeit tauglichen Männer und Frauen kaum fünfhundert von ihr befreit. Unter ihnen sind die Syphogranten zwar nach dem Gesetz zur Arbeit nicht verpflichtet, sie machen aber von dieser Bestimmung keinen Gebrauch, um die anderen durch ihr Beispiel um so leichter zur Arbeit anzuspornen. Dieselbe Vergünstigung genießen diejenigen, denen das Volk auf Vorschlag der Priester und auf Grund geheimer Abstimmung der Syphogranten dauernde Arbeitsbefreiung zur Durchführung ihrer Studien bewilligt. Erfüllt einer von ihnen die auf ihn gesetzte Hoffnung nicht, so stößt man ihn wieder unter die Handarbeiter zurück. Nicht selten tritt aber auch das

Gegenteil ein, daß nämlich ein Handwerker jene freien Stunden so eifrig auf das Studium verwendet und durch seinen Fleiß so große Fortschritte macht, daß man ihn von der Handarbeit befreit und in die Klasse der Gebildeten aufrücken läßt. Aus deren Stande nimmt man die Gesandten, Priester, Traniboren und schließlich den Bürgermeister selber, den die Utopier in ihrer alten Sprache Barzanes und in ihrer jüngeren Ademus nennen. Da nun fast die ganze übrige Masse des Volkes weder untätig noch mit unnützen Gewerben beschäftigt ist, kann man leicht ermessen, in wie wenigen Stunden viel nützliche Arbeit geleistet wird.

Zu dem von mir Erwähnten kommt für die Utopier noch die Erleichterung hinzu, daß bei ihnen die meisten unentbehrlichen Gewerbe weniger Arbeit als bei anderen Völkern erfordern. Erstens nämlich ist bei diesen zum Bau oder zur Ausbesserung von Gebäuden deshalb so vieler Hände Arbeit dauernd notwendig, weil der zu wenig wirtschaftliche Erbe das Haus, das sein Vater erbaut bat, allmählich verfallen läßt. Was er mit ganz geringen Kosten hätte erhalten können, muß sein Nachfolger mit großen Kosten erneuern. Ja, häufig sagt auch ein Haus, das dem einen ungeheuer viel Geld gekostet hat, dem verwöhnten Geschmack des anderen nicht zu. Da sich dieser nicht darum kümmert, verfällt es in kurzer Zeit, und sein Besitzer baut sich an anderer Stelle ein neues Haus für nicht weniger Geld. Aber bei den Utopiern kommt es, dank der allgemeinen Ordnung und dank ihrer Verfassung, nur ganz selten vor, daß man einen neuen Platz für den Bau eines Hauses sucht. Und sie beheben nicht nur rasch die vorhandenen Schäden, sondern beugen auch drohenden vor. Infolgedessen bleiben ihre Gebäude bei ganz geringem Aufwand an Arbeit überaus lange erhalten, und die Bauhandwerker haben bisweilen kaum etwas zu tun, außer daß sie angewiesen werden, daheim Bauholz zu bearbeiten und bisweilen Steine quadratisch zu behauen und fertigzumachen, damit gegebenenfalls ein Haus schneller hochkommt.

Beachte ferner, wie wenig Arbeit zur Anfertigung der Kleidung der Utopier erforderlich ist! Zunächst tragen sie bei der Arbeit einfach Leder oder Felle, die bis zu sieben Jahren halten. Beim Ausgehen ziehen sie einen mantelähnlichem Rock über, der jene gröberen Unterkleider verdeckt. Diese Röcke haben auf der ganzen Insel die gleiche Farbe, und zwar die Naturfarbe des Stoffes. Die Utopier verbrauchen also nicht bloß viel weniger wollenes Tuch, als das anderswo der Fall ist, sondern der Stoff kostet ihnen auch viel weniger. Aber noch weniger Arbeit macht die Herstellung von Leinwand, und deshalb trägt man sie auch noch mehr. Beim Leinen sieht man nur auf Weiße, bei der Wolle nur auf Sauberkeit; feinere Webart wird gar nicht bezahlt. Und während sonst nirgends *einer* Person vier oder fünf wollene Oberkleider von verschiedener Farbe und ebenso viele Untersachen aus Seide genügen – etwas eleganteren Leuten nicht einmal zehn –, begnügt sich hier in Utopien ein jeder mit nur einem Anzug, und zwar zumeist für zwei Jahre. Warum sollte sich dort jemand auch mehr Kleidung wünschen? Wenn er sie nämlich bekäme, wäre er weder besser vor der Kälte geschützt, noch würde er in seiner Kleidung auch nur um ein Haar hübscher aussehen.

Da die Utopier also alle in nützlichen Gewerben beschäftigt sind und diese selbst auch eine geringere Arbeitszeit erfordern, braucht man sich nicht zu wundern, daß bisweilen alle Erzeugnisse im Überfluß vorhanden sind. Dann führt man eine ungeheure Menge Arbeiter zur Ausbesserung öffentlicher Straßen, die schadhaft geworden sind, aus der Stadt hinaus; sehr oft setzt man aber auch, wenn sich keinerlei Arbeit der Art nötig macht, die Arbeitszeit von Staats wegen herab. Die Behörden zwingen nämlich die Bürger nicht zu unnötiger Arbeit; denn die Einrichtung dieses Staates hat das eine Hauptziel im Auge, soweit es die dringenden Bedürfnisse des Staates erlauben, den Sklavendienst des Körpers nach Möglichkeit einzuschränken, damit die dadurch gewonnene Zeit auf die freie Ausbildung des Geistes verwendet werden kann. Darin liegt nämlich nach ihrer Ansicht das Glück das Lebens.

Der Verkehr der Utopier miteinander

Doch glaube ich nunmehr darlegen zu müssen, auf welche Weise die Bürger miteinander verkehren, welche inneren wirtschaftlichen Beziehungen bestehen und wie die Verteilung der Güter vor sich geht.

Die Bürgerschaft besteht also aus Familien, die zumeist aus Verwandten zusammengesetzt sind. Denn sobald die Frauen körperlich reif sind, werden sie verheiratet und ziehen dann in die Wohnungen ihrer Männer. Dagegen verbleiben die Söhne und deren männliche Nachkommen in ihren Familien und unterstehen der Gewalt des Familienältesten, soweit dieser nicht infolge seines Alters kindisch geworden ist; dann tritt der Nächstälteste an seine Stelle. Um aber eine zu starke Abnahme oder eine übermäßig große Zunahme der Bevölkerung zu verhindern, darf keine Familie, deren es in jeder Stadt – die in dem zugehörigen Landbezirk nicht mitgerechnet – 6000 gibt, weniger als zehn und mehr als sechzehn Erwachsene haben; die Zahl der Kinder kann man ja nicht im voraus festsetzen. Diese Bestimmung läßt sich mit Leichtigkeit aufrechterhalten, indem man die überzähligen Mitglieder der übergroßen Familien in zu kleine versetzt.

Sollte aber einmal eine ganze Stadt mehr Einwohner haben, als sie haben darf, so füllt man mit dem Überschuß die Einwohnerzahl geringer bevölkerter Städte des Landes auf. Wenn aber etwa die Menschenmasse der ganzen Insel mehr als billig anschwellen sollte, so bestimmt man aus jeder Stadt ohne Ausnahme Bürger, die auf dem nächstgelegenen Festlande überall da, wo viel überflüssiges Ackerland der Eingeborenen brachliegt, eine Kolonie nach ihren heimischen Gesetzen einrichten unter Hinzuziehung der Einwohner des Landes, falls sie mit ihnen zusammenleben wollen. Mit diesen zu gleicher Lebensweise und zu gleichen Sitten vereint, verwachsen sie dann leicht miteinander, und das ist für beide Völker von Vorteil. Sie erreichen es nämlich durch ihre Einrichtungen, daß ein Land, das vorher dem einen Volke zu klein und unergiebig erschien, jetzt für beide Völker mehr als genug hervorbringt. Diejenigen Eingeborenen aber, die es ablehnen, nach den Gesetzen der Kolonisten zu leben, vertreiben diese aus dem Gebiet, das sie selber für sich in Anspruch nehmen, und gegen die, die Widerstand leisten, greifen sie zu den Waffen. Denn das ist nach Ansicht der Utopier der gerechteste Kriegsgrund, wenn irgendein Volk die Nutznießung und den Besitz eines Stückes Land, das es selbst nicht nutzt, sondern gleichsam zwecklos und unbebaut in Besitz hat, anderen untersagt, denen es nach dem Willen der Natur ihren Lebensunterhalt liefern soll. Wenn aber einmal infolge eines Unglücksfalles die Einwohnerzahl einiger ihrer Städte so sehr sinken sollte, daß sie aus anderen Teilen der Insel unter Wahrung der Größe einer jeden Stadt nicht wieder ergänzt werden kann – wie es heißt, ist das seit Menschengedenken nur zweimal infolge einer heftig wütenden Seuche der Fall gewesen –, so läßt man die Bürger aus der Kolonie zurückkommen und füllt mit ihnen die Einwohnerzahl der Städte wieder auf. Die Utopier sehen es nämlich lieber, daß ihre Kolonien eingehen, als daß die Einwohnerzahl einer der Städte ihrer Insel zurückgeht.

Doch ich komme auf das Zusammenleben der Bürger zurück. Der Älteste ist, wie gesagt, das Oberhaupt der Familie. Die Frauen dienen ihren Männern, die Kinder ihren Eltern und so überhaupt die Jüngeren den Älteren.

Jede Stadt zerfällt in vier gleiche Teile. In der Mitte eines jeden befindet sich ein Markt für alle Arten von Waren. Dorthin schafft man die Arbeitserzeugnisse einer jeden Familie in bestimmte Häuser, und die einzelnen Warengattungen sind gesondert auf Speicher verteilt. Jeder Familienvater verlangt dort, was er selbst und die Seinen brauchen, und nimmt alles, was er haben will, mit, und zwar ohne Bezahlung und überhaupt ohne jede Gegenleistung. Warum sollte man ihm nämlich auch etwas verweigern? Alles ist ja im Überfluß vorhanden, und man braucht nicht zu befürchten, daß jemand die Absicht hat, mehr zu verlangen, als er braucht. Denn warum sollte man annehmen, es werde jemand über seinen Bedarf hinaus fordern, wenn er sicher ist, daß es ihm niemals an etwas fehlen wird? Werden doch bei jedem Lebewesen Habsucht und Raubgier durch die Furcht vor Mangel hervorgerufen und beim Menschen allein außerdem noch durch Stolz, da er es sich zum Ruhme anrechnet, durch ein Prahlen mit überflüssigen Dingen die anderen zu übertreffen; für diese Art Fehler ist in den Einrichtungen der Utopier überhaupt kein Platz.

Mit den erwähnten Märkten sind andere für Lebensmittel verbunden; auf diese bringt man außer Gemüse, Obst und Brot auch Fische und

Fleisch. Die Tiere sind außerhalb der Stadt auf geeigneten Plätzen, wo man Blut und Schmutz in fließendem Wasser abwaschen kann, von Sklaven getötet und gereinigt worden. Die Bürger sollen sich nämlich nicht an das Schlachten von Tieren gewöhnen, weil man der Ansicht ist, die Gewöhnung an diese Tätigkeit ertöte allmählich das Mitleid, den edelsten Zug unseres Wesens. Auch soll nichts Schmutziges und Unreines in die Stadt gebracht werden, dessen Fäulnis die Luft verpesten und eine Krankheit einschleppen könnte.

Außerdem stehen in jeder Straße, gleichweit voneinander entfernt, einige geräumige Hallen, von denen jede ihren eigenen Namen hat. Hier wohnen die Syphogranten, und jeder dieser Hallen sind dreißig Familien zugeteilt, auf jeder Seite fünfzehn, die dort ihre Mahlzeiten einzunehmen haben. Die Kücheneinkäufer einer jeden Halle finden sich zu einer bestimmten Stunde auf dem Markte ein, melden die Zahl der Esser und fordern die Lebensmittel an. In erster Linie berücksichtigt man bei dieser Verteilung die Kranken, die in den öffentlichen Krankenhäusern gepflegt werden. Im Stadtbezirk gibt es nämlich vier, ein Stück von der Stadt entfernt; sie sind so geräumig, daß man sie für ebenso viele kleine Städte halten könnte. Dadurch ist es möglich, eine auch noch so große Zahl Kranker ohne Mangel an Raum und deshalb bequem unterzubringen sowie die an ansteckenden Krankheiten Leidenden von den anderen recht weit zu entfernen. Diese Krankenhäuser sind so eingerichtet und mit allem, was zur Gesundheitspflege gehört, so reichlich ausgestattet, die Pflege ist so rücksichtsvoll und gewissenhaft, und die erfahrensten Ärzte sind so unermüdlich tätig, daß, wenn auch niemand gegen seinen Willen dort Aufnahme findet, doch wohl jeder in der Stadt im Krankheitsfalle lieber im Krankenhaus als daheim liegt.

Nachdem der Einkäufer für die Kranken die Lebensmittel nach ärztlicher Vorschrift empfangen hat, verteilt man weiterhin das Beste gleichmäßig auf die Hallen je nach deren Kopfzahl. Nur auf den Bürgermeister, den Oberpriester und die Traniboren nimmt man besondere Rücksicht sowie auf Gesandte und alle etwa anwesenden Ausländer. Doch sind letztere nur vereinzelt und selten zu sehen; aber auch für sie stehen, wenn sie sich im Lande aufhalten, bestimmte Wohnungen eingerichtet bereit.

In den erwähnten Hallen findet sich die gesamte Syphograntie, durch den Klang einer ehernen Trompete aufgefordert, zu den festgesetzten Stunden des Mittags- und Abendessens ein, mit Ausnahme der in den Hospitälern oder daheim liegenden Kranken. Indes darf sich jedermann, wenn der Bedarf der Hallen gedeckt ist, Lebensmittel vom Markt mit nach Hause geben lassen; man weiß nämlich, daß das niemand ohne Grund tun wird. Denn wenn es auch keinem verwehrt ist, zu Hause zu essen, so tut das doch niemand gern, da es für unanständig gilt und töricht wäre, sich mühsam ein schlechtes Mahl zuzubereiten, während in der Halle ganz in der Nähe ein reichliches und ausgezeichnetes Essen zu haben ist. In einer solchen Halle verrichten Sklaven alle schmutzigeren und mühsameren Arbeiten, dagegen besorgen das Kochen und Zubereiten der Speisen sowie die Vorbereitung des ganzen Mahles ausschließlich die Frauen der einzelnen Familien, und zwar abwechselnd.

Je nach der Zahl der Esser speist man an drei oder mehr Tischen. Die Männer haben ihre Plätze an der Wand, die Frauen dagegen an der Außenseite der Tische. So können sie, wenn es ihnen plötzlich übel wird, was bei Schwangeren bisweilen vorkommt, ohne Störung der Tischordnung aufstehen und zu den stillenden Müttern gehen. Diese sitzen nämlich mit ihren Säuglingen für sich in einem besonders zu diesem Zweck bestimmten Speiseraum, wo es nie an Feuer und reinem Wasser fehlt; auch sind dort Wiegen vorhanden, so daß die Mütter ihre Kleinen niederlegen oder, wenn sie wollen, am Feuer aus den Windeln nehmen, sich frei bewegen lassen und mit ihnen spielen können, damit sie wieder frisch und munter werden. Jede Mutter stillt ihr Kind selber, soweit das nicht Tod oder Krankheit unmöglich macht. Tritt dieser Fall ein, so besorgen die Frauen der Syphogranten rasch eine Amme; und das ist bald geschehen; denn die Frauen, die dazu imstande sind, bieten sich zu keiner Verrichtung lieber an, da solches Mitleid allgemeines Lob findet und der Säugling später in der Amme seine Mutter sieht.

In der Ammenstube sitzen auch alle Kinder unter fünf Jahren; die übrigen Unmündigen – dazu rechnet man die noch nicht Heiratsfähigen beiderlei Geschlechts – bedienen entweder bei Tisch oder, soweit sie noch zu jung dazu sind, stehen sie doch dabei, und zwar in tiefstem Schweigen. Sie essen, was ihnen die am Tische Sitzenden reichen, und haben keine besondere Tischzeit. Am ersten Tisch in der Mitte sitzen der Syphogrant und seine Frau. Das ist der oberste Platz, von dem aus man die gesamte Gesellschaft übersieht; denn dieser Tisch steht im obersten Teile des Speisesaales quer. An den Syphogranten und seine Frau schließen sich zwei der Ältesten an; an allen Tischen sitzt man nämlich zu viert. Falls aber ein Tempel in der betreffenden Syphograntie liegt, sitzen der Priester und seine Frau so mit dem Syphogranten zusammen, daß sie den Vorsitz führen. Auf beiden Seiten folgen dann Jüngere, danach wieder Greise; auf diese Weise sitzen im ganzen Saale die Gleichaltrigen nebeneinander und doch auch mit anderen Altersstufen zusammen. Wie es heißt, hat man diese Einrichtung deshalb getroffen, damit die Würde der Alten und die Ehrfurcht vor ihnen die Jüngeren von ungehöriger Ausgelassenheit in Rede und Benehmen abhält; denn nichts, was bei Tische gesprochen oder getan wird, kann den Nachbarn ringsum entgehen. Die einzelnen Gänge werden nicht vom ersten Platze aus der Reihe nach gereicht, sondern die besten Gerichte werden immer zuerst allen Älteren vorgesetzt, deren Plätze besonders kenntlich sind; danach bedient man die übrigen ohne Unterschied. Jedoch geben die Greise von ihren Leckerbissen ganz nach Belieben den Umsitzenden ab; um sie nämlich im ganzen Saale in genügender Menge zu verteilen, sind es nicht genug. Auf diese Weise bleibt den Älteren die ihnen zukommende Ehre gewahrt, und trotzdem wird der Allgemeinheit die gleiche Bevorzugung zuteil.

Zu Beginn einer jeden Mittags- und Abendmahlzeit wird ein Text moralischen Inhalts vorgelesen, der jedoch nur kurz ist, damit man der Sache nicht überdrüssig wird. Im Anschluß daran führen die Älteren ehrbare Gespräche, die weder trocken noch ohne Witz sind. Indessen halten sie nicht etwa während des ganzen Essens lange Reden; sie hören vielmehr auch den jungen Leuten gern zu. Ja, sie veranlassen sie absichtlich zum Reden, um von dem Charakter und Geist eines jeden einen Begriff zu bekommen, wenn er sich in der bei einem Mahle herrschenden Ungebundenheit offenbart. Die Mittagsmahlzeiten sind ziemlich schlicht, die Abendmahlzeiten dagegen reichlicher; denn auf jene folgt Arbeit, auf diese Schlaf und nächtliche Ruhe, und diese hilft nach Ansicht der Utopier besser verdauen. Bei keinem Abendessen fehlt es an Musik, und bei jedem Nachtisch gibt es allerlei Leckereien. Auch verbrennt man Räucherwerk, verspritzt wohlriechendes Salböl und bietet alles auf, um die Tischgenossen zu erheitern. Die Utopier neigen nämlich viel zu sehr zu solcher Fröhlichkeit, um ein Vergnügen, das keinen Schaden anrichtet, für verboten zu halten.

Derart also ist das gesellige Leben in der Stadt; auf dem Lande dagegen, wo man weiter auseinander wohnt, ißt jeder für sich zu Hause. Dort fehlt es nämlich keiner Familie an irgend etwas zum Leben; denn die Leute auf dem Lande sind es ja, die alles das liefern, wovon die Städter leben.

Die Reisen der Utopier

Wer das Verlangen haben sollte, seine Freunde in einer anderen Stadt zu besuchen oder sich auch nur den Ort selbst anzusehen, erhält von seinem Syphogranten und Traniboren mit Leichtigkeit die Erlaubnis dazu, wenn er irgendwie abkömmlich ist. Man schickt dann eine gewisse Anzahl Urlauber zusammen ab und gibt ihnen ein Schreiben des Bürgermeisters mit, in dem die Reisegenehmigung bestätigt und der Tag der Rückkehr vorgeschrieben ist. Die Reisenden bekommen einen Wagen mit einem staatlichen Sklaven gestellt, der das Ochsengespann führen und besorgen muß; wenn sie aber nicht gerade Frauen bei sich haben, weisen sie den Wagen als lästig und hinderlich zurück. Obgleich sie auf der ganzen Reise nichts mit sich führen, fehlt es ihnen doch an nichts; sie sind ja überall zu Hause. Sollten sie sich irgendwo länger als einen Tag aufhalten, so übt jeder daselbst sein Gewerbe aus und wird von seinen Handwerksgenossen aufs freundlichste behandelt.

Wenn sich aber jemand außerhalb seines Wohnbezirks eigenmächtig herumtreiben und ohne amtlichen Urlaubsschein aufgegriffen werden sollte, so betrachtet man ihn als Ausreißer, bringt ihn mit Schimpf und Schande in die Stadt zurück und züchtigt ihn streng; im Wiederholungsfalle büßt er mit dem Verlust seiner Freiheit. Wenn aber jemanden die Lust anwandeln sollte, auf seinen heimatlichen Fluren spazierenzugehen, so hindert ihn niemand daran, vorausgesetzt, daß er die Erlaubnis seines Hausvaters und die Einwilligung seiner Frau hat. Wohin er aber auch aufs Land kommt, nirgends gibt man ihm etwas zu essen, ehe er nicht das dort vor dem Mittags- oder Abendessen übliche Arbeitspensum erledigt hat; unter dieser Bedingung kann er ganz nach Belieben innerhalb des Gebietes seiner Stadt spazierengehen. Wird er sich doch auf diese Weise der Stadt ebenso nützlich machen, als wenn er sich in ihr selber aufhielte.

Ihr seht schon, in Utopien gibt es nirgends eine Möglichkeit zum Müßiggang oder einen Vorwand zur Trägheit. Keine Weinschenken, keine Bierhäuser, nirgends ein Bordell, keine Gelegenheit zur Verführung, keine Schlupfwinkel, keine Stätten der Liederlichkeit; jeder ist vielmehr den Blicken der Allgemeinheit ausgesetzt, die ihn entweder zur gewohnten Arbeit zwingt oder ihm nur ein ehrbares Vergnügen gestattet.

Diese Lebensführung des Volkes hat notwendig einen Überfluß an jeglichem Lebensbedarf zur Folge, und da alle gleichmäßig daran teilhaben, ist es ganz natürlich, daß es Arme oder gar Bettler überhaupt nicht geben kann. Im Senat von Mentiranum, wo sich, wie erwähnt, alljährlich drei Abgeordnete aus jeder Stadt einfinden, stellt man zunächst fest, wovon es in den einzelnen Bezirken einen Überschuß gibt und worin irgendwo der Ertrag zu gering gewesen ist. Dann gleicht man alsbald den Mangel der einen Bezirke durch den Überfluß der anderen aus, und zwar geschieht das unentgeltlich, ohne daß die Geber von den Empfängern eine Entschädigung erhalten. Dafür aber, daß eine Stadt irgendeiner anderen aus ihren Beständen ohne Gegenforderung liefert, erhält sie auch wieder, was sie braucht, von einer Stadt, der sie nichts gegeben hat. So bildet die ganze Insel gleichsam eine einzige Familie.

Nachdem aber die Utopier sich selbst zur Genüge mit Vorräten versorgt haben, was nach ihrer Ansicht erst dann der Fall ist, wenn sie wegen der

Unsicherheit des Ertrags im darauffolgenden Jahre für einen Zeitraum von zwei Jahren vorgesorgt haben, führen sie aus dem Überschuß eine große Menge Getreide, Honig, Wolle, Leinen, Holz, Scharlach- und Purpurfarben, Felle, Wachs, Seife, Leder sowie außerdem Vieh in andere Länder aus. Von dem allen schenken sie ein Siebentel den Armen des betreffenden Landes, den Rest aber verkaufen sie zu mäßigem Preise. Dieser Handel bringt ihnen nicht nur diejenigen Waren ins Land, an denen es ihnen fehlt – das ist aber fast nichts weiter als Eisen –, sondern außerdem eine große Menge Silber und Gold. Weil sie das schon lange so halten, haben sie an diesen Metallen überall einen unglaublich großen Überfluß. Daher legen sie jetzt auch nicht sonderlich viel Gewicht darauf, ob sie gegen bar oder auf Kredit verkaufen und den bei weitem größten Teil ihrer Forderungen als Außenstände haben. Doch lehnen sie bei der Ausstellung von Schuldscheinen die Bürgschaft von Privatpersonen regelmäßig ab und verlangen immer auf Grund formell ausgestellter Scheine die Bürgschaft der Stadt. Diese zieht dann am Zahltage den Betrag von den Privatschuldnern ein, legt ihn in die Stadtkasse und hat bis zu seiner Anforderung durch die Utopier den Zinsgenuß. Diese verlangen aber niemals den größten Teil zurück; nach ihrer Ansicht ist es nämlich eine Ungerechtigkeit, anderen etwas wegzunehmen, was für sie von Nutzen ist, ihnen selbst aber keinen Nutzen bringt. Wenn sie dagegen erforderlichenfalls einen Teil des betreffenden Geldes einem anderen Volke leihen wollen, so verlangen sie es dann erst zurück oder auch, wenn sie selbst Krieg führen müssen. Für diesen einen Zweck nämlich heben sie jenen gesamten Schatz, den sie im Lande haben, auf, um an ihm in äußerster oder plötzlicher Gefahr einen Rückhalt zu haben, vor allem aber, um damit für unmäßig hohen Sold ausländische Soldaten anzuwerben; denn diese setzen sie lieber der Gefahr aus als ihre eigenen Bürger. Außerdem wissen sie, daß in der Regel die Feinde selber mit viel Geld sich kaufen und gegeneinander hetzen lassen, sei es durch Verrat oder auch durch Entzweiung. Aus diesem Grunde sorgen die Utopier für einen Staatsschatz von unermeßlichem Werte. Er ist aber in ihren Augen kein eigentlicher Schatz; sie halten es damit vielmehr so, daß ich mich in der Tat schäme, es zu erzählen, weil ich fürchten muß, man wird meinen

Worten nicht glauben. Und meine Befürchtung ist um so berechtigter, je mehr ich mir bewußt bin, wie schwer man mich selbst dazu hätte bringen können, es einem anderen zu glauben, wenn ich es nicht persönlich erlebt hätte. Es kann ja gar nicht anders sein, als daß etwas um so weniger Glauben findet, je mehr es von den Bräuchen der Zuhörer abweicht. Da freilich auch die übrigen Einrichtungen der Utopier so wesentlich anders als die unsrigen sind, wird sich ein kluger Beurteiler der Dinge vielleicht weniger wundern, wenn sie auch Gold und Silber auf eine Weise benutzen, die mehr ihrem eigenen als unserem Brauche entspricht. Da die Utopier nämlich selber kein Geld verwenden, sondern es nur für einen Fall aufsparen, der ebensogut eintreten wie nicht eintreten kann, so schätzt niemand von ihnen Gold und Silber, woraus das Geld gemacht wird, höher, als es ihrem natürlichen Werte angemessen ist. Wer sieht da nicht, wie weit dort Gold und Silber unter dem Eisen stehen! Und in der Tat ist Eisen für die Menschheit ebenso lebensnotwendig wie Wasser und Feuer, während weder Gold noch Silber von Natur einen Vorzug besitzt, den wir nicht mit Leichtigkeit entbehren könnten; nur halten es die Menschen in ihrer Torheit wegen seines seltenen Vorkommens für so besonders wertvoll. Und dabei hat doch im Gegenteil die Natur, wie eine überaus gütige Mutter, uns gerade ihre besten Gaben offen und frei vor Augen gestellt, wie die Luft, das Wasser und die Erde selbst, das Nichtige und Unnütze dagegen sehr weit entrückt. Würde nun Gold und Silber bei den Utopiern in irgendeinem Turme versteckt, so könnte der törichte Argwohn der großen Masse den Bürgermeister und den Senat verdächtigen, sie wollten das Volk auf hinterlistige Weise betrügen, um selber irgendwelchen Vorteil daraus zu ziehen. Wenn sie ferner Schalen und andere derartige Schmiedearbeiten aus Gold und Silber herstellen ließen, so könnte einmal der Fall eintreten, daß man sie wieder einschmelzen und zur Soldzahlung an die Truppen verwenden müßte, und natürlich würden dann die Besitzer der Gegenstände, das sehen sie ein, sich nur ungern wieder entreißen lassen, woran sie allmählich Freude gefunden haben. Um es zu alledem nicht kommen zu lassen, haben sich die Utopier ein Mittel ausgedacht, das mit ihren übrigen Einrichtungen ebenso übereinstimmt, wie es von den unsrigen stark abweicht, da ja bei uns Gold so hoch geschätzt und so sorgfältig aufbewahrt wird, und das deshalb nur denen, die es aus Erfahrung kennen, glaubhaft erscheint. Während sie nämlich zum Essen und Trinken nur Gefäße aus Ton und Glas benutzen, die zwar sehr hübsch aussehen, aber trotzdem billig sind, fertigen sie aus Gold und Silber nicht bloß für die Gemeinschaftshallen, sondern auch für die Privathäuser allenthalben Nachtgeschirre und sonstige zu ganz gewöhnlichem Gebrauch bestimmte Gefäße an. Außerdem stellen sie aus denselben Metallen Ketten und starke Fußfesseln zur Bestrafung der Sklaven her, und schließlich hängen von den Ohren derer, die durch irgendein Verbrechen ihre Ehre verloren haben, goldene Ringe herab; man steckt ihnen goldene Ringe an die Finger, hängt ihnen eine goldene Halskette um und legt einen goldenen Reif um ihren Kopf. So sorgen die Utopier mit allen Mitteln dafür, daß Gold und Silber bei ihnen in Verruf kommt, und so erklärt es sich auch, daß in Utopien bei einer sich etwa nötig machenden Ablieferung alles Goldes und Silbers, dessen gewaltsame Wegnahme den anderen Völkern fast ebensolche Schmerzen bereitet, als wenn man ihnen die Eingeweide auseinanderrisse, niemand glauben würde, auch nur einen Heller einzubüßen.

Außerdem sammeln die Utopier an den Küsten Perlen, in gewissen Felsen sogar Diamanten und Karfunkel. Doch suchen sie nicht danach, sondern nur, was sie zufällig finden, schleifen sie. Damit putzen sie ihre kleinen Kinder. In ihren ersten Lebensjahren prahlen diese gern mit solchem Schmuck und sind stolz darauf; sobald sie aber ein wenig älter werden und merken, daß sich nur Kinder mit derartigem Tand abgeben, legen sie diesen Schmuck ab, und zwar ohne besondere Ermahnung von seiten ihrer Eltern, sondern einfach, weil sie sich seiner schämen, genau so wie bei uns die Kinder, wenn sie erst größer werden, von ihren Nüssen, Knöpfen und Puppen nichts mehr wissen wollen.

Wie stark aber diese Lebensgewohnheiten der Utopier, die von denen der übrigen Völker so sehr abweichen, ihr ganzes Empfinden verändern, ist mir niemals so klar zum Bewußtsein gekommen wie bei einer Gesandtschaft der Anemolier. Diese kam nach Amaurotum, als ich gerade dort war, und da wichtige Fragen zur Verhandlung standen, waren schon vor ihr jene früher erwähnten drei Abgeordneten aus jeder Stadt eingetroffen. Nun waren allen Gesandten der Nachbarvölker, die schon früher dorthin gekommen waren, die Sitten der Utopier bekannt. Sie wußten, daß prunkvolle Kleidung dort durchaus nicht angesehen war, daß man Seide geradezu verachtete und daß Goldschmuck sogar in üblen Ruf brachte. Deshalb hatten sie sich daran gewöhnt, in möglichst bescheidener Kleidung zu erscheinen. Die Anemolier aber wohnten weiter entfernt von den Utopiern und hatten deshalb weniger Verkehr mit ihnen unterhalten. Als sie nun hörten, die Utopier trügen alle die gleiche grobe Tracht, waren sie überzeugt, sie trieben deshalb keinen Aufwand, weil es ihnen an den nötigen Mitteln dazu fehle, und beschlossen daher, mehr eitel als klug, prächtig wie Götter herausgeputzt aufzutreten und die Augen der armseligen Utopier durch den Glanz ihrer prunkvollen Kleidung zu blenden. So zogen denn die drei Gesandten an der Spitze eines Gefolges von dreihundert Mann in die Stadt ein, alle in bunter, die meisten in seidener Kleidung, die Gesandten selbst – sie gehörten nämlich daheim zum Adel – in golddurchwirkten Gewändern, mit großen Halsketten und Ohrringen aus Gold, an den Fingern goldene Ringe, die Filzkappen mit Bändern geschmückt, die von Perlen und Edelsteinen funkelten, kurz, mit all den Dingen geputzt, die bei den Utopiern Strafen für Sklaven oder Schandmale Ehrloser oder Spielzeug kleiner Kinder sind. Und so lohnte es sich der Mühe zu sehen, wie den Anemoliern der Kamm schwoll, als sie ihren Prunk mit der Kleidung der Utopier verglichen; die Bevölkerung war nämlich in Menge auf die Straßen geströmt. Anderseits aber machte es nicht weniger Spaß zu beobachten, wie gründlich sie sich in ihrer Hoffnung und Erwartung getäuscht sahen und wie wenig sie den Eindruck machten, mit dem sie gerechnet hatten. Denn in den Augen aller Utopier, nur einige ganz wenige ausgenommen, die bei irgendeiner passenden Gelegenheit ins Ausland gekommen waren, war jener ganze glänzende Aufwand eine Schmach. Sie grüßten gerade die Niedrigsten an Stelle ihrer Herren mit Ehrerbietung, die Gesandten selbst aber hielten sie wegen ihrer goldenen Ketten für Sklaven und ließen sie vorübergehen, ohne ihnen überhaupt eine Ehrenbezeigung zu erweisen. Ja, auch die

Knaben hättest du sehen sollen, die ihre Edelsteine und Perlen schon längst weggeworfen hatten. Beim Anblick der Edelsteine an den Filzkappen der Gesandten riefen und stießen sie ihre Mütter an und sagten: „Sieh doch, Mutter, was für ein großer Schelm da noch die Perlen und Edelsteinchen trägt, als wenn er ein kleines Kind wäre!“ Und die Mutter erwiderte gleichfalls ganz ernsthaft: „Sei still, mein Junge! Das wird einer von den Narren der Gesandten sein.“ Andere wieder bemängelten die goldenen Ketten: sie seien zu nichts zu brauchen, weil sie so dünn seien, daß der Sklave sie mit Leichtigkeit zerbrechen könne; anderseits wieder seien sie so locker, daß er sie, wenn er Lust habe, abschütteln und ungehindert und frei ausreißen könne, wohin er wolle.

Die Gesandten hatten sich erst ein paar Tage in Amaurotum aufgehalten und schon eine Unmenge Gold in niedrigster Verwendung gesehen; auch hatten sie gemerkt, daß das Gold hier ebenso gering wie bei ihnen daheim hochgeschätzt wurde; außerdem sahen sie in den Ketten und Fußfesseln eines einzigen Sklaven, der flüchtig geworden war, mehr Gold und Silber zusammen verarbeitet, als die gesamte Ausstattung der drei Gesandten wert war. Da ließen sie die Flügel hängen und legten beschämt jenen ganzen Aufputz ab, mit dem sie sich in so anmaßender Weise gebrüstet hatten, vor allem aber, nachdem sie durch vertrautere Unterhaltung mit den Utopiern ihre Sitten und Anschauungen kennengelernt hatten. Sind doch diese ganz verwundert darüber, wie einem Menschen das unsichere Gefunkel eines dürftigen Juwels oder Edelsteinchens überhaupt Freude machen kann, während er irgendeinen Stern und schließlich die Sonne selbst anschauen darf, und wie jemand so albern sein kann, daß er sich selber wegen eines Gewebes aus feinerer Wolle vornehmer dünkt, wenn diese Wolle selbst, mag der Faden auch noch so fein sein, früher einmal auf dem Rücken eines Schafes gesessen hat und inzwischen doch auch nichts anderes als Wolle gewesen ist. Ebenso wundern sich die Utopier darüber, daß das Gold, das seiner Natur nach so unnütz ist, jetzt überall in der Welt so hoch geschätzt wird, daß der Mensch selbst, durch den und vor allem zu dessen Nutzen es diesen Wert erlangt hat, viel weniger gilt als das Gold selber, und zwar so viel weniger, daß irgendein Dämlack, geistlos wie ein Holzklotz und ebenso schlecht wie dumm, trotzdem eine Menge kluger und braver Diener hat, allein deshalb, weil er zufällig einen großen Haufen Goldstücke sein eigen nennt. Wenn nun irgendeine Fügung des Geschicks oder ein Trick der Gesetze, der, ebenso wie das Schicksal, das Unterste zu oberst kehrt, dieses Gold dem Herrn des Hauses nimmt und es dem allerschlimmsten Taugenichts seines Gesindes zukommen läßt, so würde jener ohne Zweifel bald darauf wie ein Anhängsel und eine Zugabe seiner Münzen unter die Dienerschaft seines ehemaligen Dieners geraten. Und noch mehr ist man erstaunt, ja geradezu empört über das unsinnige Gebaren der Leute, die jene Reichen, denen sie nichts schuldig und denen sie nicht verpflichtet sind, aus keinem anderen Grunde, als weil sie reich sind, wie Götter anbeten, und zwar auch dann, wenn sie ihren schmutzigen Geiz zu genau kennen, um nicht mit tödlicher Sicherheit zu wissen, daß sie bei deren Lebzeiten von dem großen Geldhaufen auch nicht einen roten Heller bekommen.

Diese und andere derartige Ansichten der Utopier sind das Ergebnis teils ihrer Erziehung in einem Staate, dessen Einrichtungen von den Torheiten der geschilderten Art weit entfernt sind, teils ihrer Beschäftigung mit Wissenschaft und Literatur. Allerdings sind in jeder Stadt nur wenige von den anderen Arbeiten befreit, um sich ausschließlich der Ausbildung ihres Geistes zu widmen, nämlich diejenigen, bei denen man von Kind auf hervorragende Anlagen, ausgezeichnete Begabung und Neigung zu wissenschaftlicher Beschäftigung beobachtet hat. Trotzdem aber genießen alle Kinder Unterricht, und ein guter Teil des Volkes, Männer und Frauen, beschäftigt sich das ganze Leben hindurch in den erwähnten arbeitsfreien Stunden mit den Wissenschaften.

Der Unterricht wird in der Landessprache erteilt; sie verfügt nämlich über einen reichen Wortschatz, zeichnet sich durch Wohllaut aus und ist wie keine andere zur Wiedergabe von Gedanken geeignet. In annähernd derselben Art, jedoch überall auf verschiedene Weise etwas zu ihrem Nachteil verändert, ist sie über einen großen Strich jenes Erdteils verbreitet.

Von allen unseren Philosophen, deren Namen in dieser uns bekannten Welt berühmt sind, war den Utopiern vor unserer Ankunft auch nicht ein einziger, nicht einmal gerüchtweise, bekannt geworden; und doch haben sie in Musik, Dialektik, Arithmetik und Geometrie etwa dieselben Entdeckungen gemacht wie unsere alten Meister. Wenn sie aber auch die Alten beinahe in allem erreicht haben, so sind sie allerdings hinter den Erfindungen der modernen Dialektiker weit zurückgeblieben; sie haben nämlich auch nicht eine einzige der in der „Kleinen Logik" so scharfsinnig ausgedachten Regeln über Restriktion, Amplifikation und Supposition erfunden, die hierzulande allenthalben schon die Kinder auswendig lernen. Wie sie ferner keineswegs den „zweiten Intentionen" nachzuforschen vermochten, so war auch nicht einer von ihnen imstande, den sogenannten „Menschen überhaupt" zu sehen, der doch, wie ihr wißt, ein wahrer Koloß und größer als jeder Riese ist und auf den wir damals auch noch mit den Fingern gezeigt haben.

Dagegen kennen sie ganz genau den Lauf der Gestirne und die Bewegung der Himmelskreise. Ja, sie haben sich auch Instrumente von verschiedener Gestalt mit Kunst und Geschick ausgedacht, mit deren Hilfe sie die Bewegungen und Stellungen der Sonne, des Mondes und ebenso der übrigen bei ihnen sichtbaren Gestirne aufs genaueste erfaßt haben. Aber von Gunst und Mißgunst der Planeten und von jenem ganzen Schwindel der Prophezeiung aus den Sternen lassen sie sich nicht einmal etwas träumen. Regen, Wind und die übrigen Wetterveränderungen sagen sie aus gewissen Anzeichen voraus, die sie aus langer Erfahrung kennen. Über die Ursachen all dieser Erscheinungen aber, über Ebbe und Flut sowie über den Salzgehalt des Meeres und schließlich über den Ursprung und die Natur des Himmels und der Erde lehren sie zum Teil dasselbe wie unsere alten Philosophen. Wie diese aber schon untereinander verschiedener Meinung sind, so stimmen auch die Utopier mit ihren neuen Erklärungen für die Naturerscheinungen mit ihnen allen zum Teil nicht überein, sind aber auch untereinander nicht in jeder Beziehung derselben Ansicht.

In der Moralphilosophie behandeln die Utopier dieselben Fragen wie wir. Sie stellen Erörterungen an über die Güter des Geistes und des Körpers sowie über die äußeren Güter, ferner ob diese alle oder nur die Gaben des Geistes als Güter bezeichnet werden dürfen; auch untersuchen sie das Wesen der Tugend und der Lust. Aber die erste und wichtigste aller Streitfragen ist die, worin wohl die Glückseligkeit des Menschen besteht, ob in *einem* Dinge oder in mehreren. In diesem Punkte aber neigen sie, wie es scheint, mehr als billig zu der Ansicht derer, die für das Vergnügen eintreten, worin sie entweder das menschliche Glück überhaupt oder doch wenigstens seinen wesentlichsten Bestandteil erblicken. Und worüber man sich noch mehr wundern muß, sie stützen ihre so sinnenfreudige Ansicht auch mit Beweisgründen, die sie ihrer Religion entnehmen, einer ernsten und strengen, ja fast düsteren und harten Lehre. Wenn sie nämlich über die Glückseligkeit verhandeln, so verbinden sie stets gewisse Grundsätze ihrer Religion mit der Philosophie, die mit Vernunftgründen arbeitet; denn ohne diese Grundsätze ist die Vernunft nach Ansicht der Utopier zu ungenügend und zu schwach, um für sich allein die wahre Glückseligkeit zu erforschen.

Diese Grundsätze sind folgende: Die Seele ist unsterblich und durch die Güte Gottes zur Glückseligkeit geschaffen; für unsere Tugenden und guten Werke erwarten uns nach diesem Leben Belohnungen, für unsere Missetaten aber Strafen. Diese Anschauungen sind zwar religiöser Natur, aber nach Ansicht der Utopier führt schon die Vernunft dazu, an sie zu glauben und sie zu billigen. Nach Beseitigung dieser Grundsätze, so erklären sie ohne jedes Bedenken, wird niemand so töricht sein zu meinen, er dürfe dem Vergnügen nicht auf jede Weise, auf rechte und unrechte, nachjagen. Nur müsse man sich, so erklären sie weiter, davor hüten, ein größeres Vergnügen durch ein kleineres beeinträchtigen zu lassen oder einem Vergnügen mit schmerzhaften Rückwirkungen nachzugehen. Denn den dornenvollen und beschwerlichen Pfad der Tugend zu wandeln und dabei nicht bloß auf des Lebens Annehmlichkeiten zu verzichten, sondern auch den Schmerz freiwillig zu ertragen, und zwar ohne Aussicht auf irgendwelchen Gewinn – was könnte nämlich wohl auch der Gewinn sein, wenn man nach dem Tode nichts erreichen soll, nachdem man dieses ganze Leben freudlos, also jämmerlich, zugebracht hat? – das ist in den Augen der Utopier das Sinnloseste, was es geben kann. Nun liegt aber nach ihrer Meinung das Glück nicht in jeder Art von Vergnügen, sondern nur in einem rechtschaffenen und ehrbaren; zu diesem nämlich, als zu dem höchsten Gut, zieht, so sagen sie, die Tugend selbst unsere Natur hin, während nach Ansicht der Gegenpartei einzig und allein die Tugend unser Glück bedingt. Die Tugend besteht nämlich, wie die Utopier meinen, in einem naturgemäßen Leben, sofern uns Gott dazu geschaffen hat; naturgemäß aber lebt der, der in allem, was er begehrt und meidet, den Geboten der Vernunft gehorcht. Die Vernunft entfacht ferner im Menschen vor allem anderen die ehrfurchtsvolle Liebe zur göttlichen Majestät, und dieser verdanken wir es ja, daß wir sind und an der Glückseligkeit teilnehmen dürfen. Sodann mahnt uns die Tugend und regt uns dazu an, ein möglichst sorgenfreies und frohes Leben zu führen und allen unseren Mitmenschen, entsprechend unserer natürlichen Gemeinschaft mit ihnen, zur Erreichung des gleichen Zieles zu verhelfen. Denn noch nie ist jemand ein so finsterer und strenger Anhänger der Tugend und entschiedener Feind des Vergnügens gewesen, daß er von dir Anstrengungen, Nachtwachen und Kasteiungen verlangte, ohne nicht gleichzeitig dir aufzugeben, die Not und das Ungemach anderer nach Kräften zu lindern, und ohne es nicht im Namen der Menschlichkeit für lobenswert zu halten, daß ein Mensch dem anderen Heil und Trost spendet. Wenn nun die höchste Menschlichkeit darin besteht – und keine Tugend ist dem Menschen eigentümlicher –, den Kummer der Mitmenschen zu lindern, ihre Traurigkeit zu beheben und in ihr Leben wieder die Freude, das heißt das Vergnügen, zu bringen, wie sollte da nicht die Natur einen jeden anspornen, die gleiche Wohltat auch sich selber zuteil werden zu lassen? Denn entweder ist ein angenehmes, das heißt dem Vergnügen gewidmetes Leben verwerflich, dann darfst du nicht bloß niemandem zu einem Vergnügen verhelfen, sondern mußt es sogar von allen nach Möglichkeit fernhalten, da es ihnen ja schädlich ist und den Tod bringt. Oder aber, wenn du anderen ein Vergnügen als etwas

Gutes nicht bloß verschaffen darfst, sondern sogar verschaffen sollst, warum dann nicht vor allem dir selbst, dem du doch nicht weniger als anderen gewogen sein solltest? Denn wenn die Natur dich zur Güte gegen andere mahnt, verlangt sie doch nicht gleichzeitig von dir schonungslose Strenge gegen dich selbst.

Ein angenehmes Leben also, das heißt eben das Vergnügen, sagen die Utopier, stellt uns die Natur selbst gleichsam als Ziel aller unserer Handlungen hin, und ein Leben nach ihrer Vorschrift ist in ihren Augen Tugend. Die Natur aber ruft auch die Menschen auf, sich gegenseitig zu einem Leben in größter Fröhlichkeit zu verhelfen. Und das tut sie sicherlich mit Fug und Recht; denn keiner ist so erhaben über das allgemeine Menschenschicksal, daß die Natur für ihn allein sorgen müßte, sie, die alle, die sie durch die Gleichheit der Gestalt zu einer Gemeinschaft zusammenfaßt, in gleicher Weise hegt und pflegt. Und eben darum heißt sie dich auch immer wieder darauf achten, auf deinen eigenen Vorteil nicht so bedacht zu sein, daß du anderen dabei schadest.

Deshalb dürfen auch nach Ansicht der Utopier nicht bloß die Verträge zwischen Privatpersonen nicht verletzt werden, sondern auch die öffentlichen Bestimmungen über die Teilung der Lebensgüter, das heißt der materiellen Grundlage des Vergnügens, Bestimmungen, die entweder ein guter Fürst auf gesetzlichem Wege erlassen oder die ein Volk auf Grund einer allgemeinen Übereinkunft getroffen hat, ohne durch Tyrannei in seiner Willensäußerung beschränkt oder durch Betrug umgarnt zu sein. Ohne Verletzung dieser Gesetze für dein persönliches Wohlergehen zu sorgen, erfordert die Klugheit, außerdem das allgemeine Wohl im Auge zu haben, das Pflichtgefühl; aber darauf auszugehen, einem anderen sein Vergnügen zu rauben, wofern man nur sein eigenes erjagt, das ist in der Tat Unrecht. Sich selber dagegen etwas zu nehmen, um es anderen zu dem, was sie haben, noch dazuzugeben, das eben ist eine Pflicht der Menschlichkeit und Güte und bringt einem stets mehr Glück wieder ein, als es einem nimmt. Denn die Wohltaten anderer vergelten als Gegenleistung das gute Werk, und das bloße Bewußtsein, etwas Gutes getan zu haben, sowie die Erinnerung an die wohlwollende

Liebe derer, denen man Gutes getan hat, bereiten dem Herzen eine Freude, die größer ist, als es jenes Vergnügen des Körpers gewesen wäre, auf das man verzichtet hat. Und endlich vergilt Gott, wovon sich ein gläubiges Gemüt mit Leichtigkeit aus der Religion überzeugt, ein kurzes und geringes Vergnügen dereinst mit unermeßlicher und ewig währender Freude. So sind denn die Utopier nach sorgfältiger Untersuchung und genauer Erwägung der Sache zu der Ansicht gekommen, daß alle unsere Handlungen, und darunter auch die tugendhaften selbst, letzten Endes auf das Vergnügen und damit auf die Glückseligkeit abzielen.

Vergnügen nennen die Utopier jede Bewegung und jeden Zustand des Körpers und des Geistes, worin wir unter Anleitung der Natur mit Behagen verweilen. Nicht ohne Grund fügen sie hinzu, daß die Natur es so haben will. Denn von Natur bereitet alles das Wohlbehagen, was man nicht auf dem Wege des Unrechts begehrt oder wodurch nichts anderes Angenehmeres verlorengeht oder was keine Mühe und Arbeit im Gefolge hat; und danach verlangt nicht bloß das sinnliche Begehren, sondern auch die gesunde Vernunft. Anderseits aber gibt es Dinge, die die Menschen gegen die Ordnung der Natur fälschlich als angenehm bezeichnen, und zwar auf Grund eines ganz törichten Sprachgebrauchs, gerade als ob wir es in der Hand hätten, mit den Worten auch die Dinge zu ändern. Alle diese Dinge sind nach Ansicht der Utopier wertlos für die Glückseligkeit, ja sogar ihr im höchsten Grade hinderlich, und zwar deshalb, weil sie die ganze Seele des Menschen, in der sie sich einmal festgesetzt haben, mit einer verkehrten Meinung über das Vergnügen im voraus erfüllen, um für wahre und reine Freuden nirgends Platz zu lassen. Es gibt nämlich sehr viele Dinge, die zwar ihrer eigentlichen Natur nach durchaus nicht anziehend, sondern im Gegenteil sogar meist recht unangenehm sind, die aber trotzdem infolge der törichten Lockung ruchloser Begierden nicht bloß für die höchsten Genüsse gehalten, sondern auch sogar zu den wichtigsten Angelegenheiten des Lebens gerechnet werden.

Zu denen, die den falschen Vergnügen dieser Art nachgehen, zählen die Utopier diejenigen, die sich selber, wie früher erwähnt, um so besser dünken, je besser sie angezogen sind; dabei irren sie sich in diesem einen

Punkte zweifach. Denn sie sind nicht weniger im Irrtum, wenn sie ihren Anzug, als wenn sie sich selbst für etwas Besseres halten. Warum sollte nämlich im Hinblick auf die Brauchbarkeit der Kleidung ein Tuch aus feinerem Gewebe besser sein als eins aus gröberem? Und doch ist jenen Leuten der Kamm geschwollen, als ob sie von Natur und nicht durch einen bloßen Irrtum etwas Besseres wären, und sie meinen, sie gewännen auch dadurch etwas an Wert. Deshalb beanspruchen sie auch, gleich als sei das ihr gutes Recht, für ihren eleganteren Anzug eine Ehrenbezeigung, auf die sie in einfacherer Kleidung gar nicht wagen würden zu hoffen, und sind unwillig, wenn sie beim Vorübergehen nicht weiter beachtet werden. Aber ist nicht gerade auch dieses Verlangen nach eitlen und nutzlosen Ehrenbezeigungen ebenso unvernünftig? Denn wie kann wohl der entblößte Scheitel oder das gebeugte Knie eines anderen ein natürliches und wahres Vergnügen bereiten? Wird das vielleicht einen Schmerz in deinen eigenen Knien heilen? Oder wird es das hitzige Fieber in deinem eigenen Kopfe lindern? In der Vorstellung eines solchen Scheinvergnügens schmeicheln sie sich und klatschen sie sich Beifall, weil sie zufällig von Vorfahren abstammen, von denen eine lange Reihe für reich gegolten hat – einen anderen Adel gibt es ja heutzutage nicht –, für reich besonders an Landgütern, und sie dünken sich nicht um ein Haar weniger vornehm, wenn ihnen auch ihre Vorfahren von ihrem Reichtum nichts hinterlassen oder wenn sie ihr Erbe selber verpraßt haben.

Zu den Leuten dieser Art rechnen die Utopier auch die schon erwähnten Liebhaber von Gemmen und Edelsteinen, und sie kommen sich gewissermaßen wie Götter vor, wenn sie einmal einen ausnehmend wertvollen Stein erwerben, zumal wenn er von der zu ihrer Zeit und in ihrem Lande besonders geschätzten Art ist; denn nicht überall und nicht zu jeder Zeit behalten die gleichen Arten ihren Wert. Sie kaufen aber einen Edelstein nur ohne Goldfassung und Umhüllung, und auch dann nur, wenn der Verkäufer einen Eid und Bürgschaft dafür leistet, daß die Gemme und der Juwel echt sind; solche Angst haben sie, daß der Augenschein sie täuschen könnte. Warum aber sollte dir, der du den Edelstein nur betrachten willst, ein künstlicher weniger Vergnügen machen, den dein Auge von einem echten nicht zu unterscheiden vermag? Beide müßten eigentlich den gleichen Wert haben, für dich, bei Gott, genau so wie für einen Blinden.

Was soll man ferner von denen sagen, die überflüssige Schätze aufbewahren, nicht um sich über die Verwendung des Haufens Geld, sondern nur über seinen Anblick zu freuen? Genießen sie etwa eine echte Freude, oder narrt sie nicht vielmehr nur ein Scheinvergnügen? Oder wie steht es mit denen, die den entgegengesetzten Fehler begehen und das Gold, das sie niemals verwenden, ja vielleicht auch niemals wieder zu Gesicht bekommen werden, vergraben und aus Angst vor seinem Verlust es wirklich verlieren? Denn verlierst du dein Gold nicht, wenn du es der Verwendung durch dich selbst und vielleicht durch die Menschen überhaupt entziehst und der Erde zurückgibst? Und doch bist du ausgelassen froh darüber, daß du deinen Schatz versteckt hast, als brauchtest du nun keine Sorge mehr zu haben. Sollte dir aber jemand den Schatz stehlen, ohne daß du etwas von diesem Diebstahl merkst, und solltest du zehn Jahre danach sterben, was macht es dir da in dem ganzen Zeitraum von zehn Jahren, um den du den Verlust deines Geldes überlebt hast, aus, ob es gestohlen oder noch vorhanden war? Sicherlich hast du in beiden Fällen den gleichen Nutzen davon gehabt.

Zu diesen so unpassenden Freuden rechnen die Utopier auch die der Glücksspieler, deren unsinniges Gebaren ihnen nur vom Hörensagen, nicht aus Erfahrung bekannt ist, und außerdem die der Jäger und Vogelsteller. Denn was ist das für ein Vergnügen, so sagen sie, die Würfel auf das Spielbrett zu werfen? Und dabei tut man das so oft, daß schon aus der häufigen Wiederholung ein Überdruß entstehen könnte, wenn wirklich ein Vergnügen damit verbunden wäre. Oder wie könnte es angenehm sein und nicht vielmehr Widerwillen erregen, das Gebell und Geheul der Hunde zu hören? Oder inwiefern macht es mehr Vergnügen, wenn ein Hund einem Hasen als wenn er einem anderen Hunde nachjagt? Denn in beiden Fällen handelt es sich doch um den gleichen Vorgang: es wird gelaufen – wenn dir das Laufen Freude machen sollte. Wenn dich aber die Aussicht auf Mord fesselt oder wenn du auf die Zerfleischung wartest, die sich vor deinen Augen abspielen soll, so müßte es doch eher dein Mitleid erregen, wenn du mit ansehen mußt, wie das arme Häslein von dem Hunde zerrissen wird, der Schwache von dem Stärkeren, der Scheue und Furchtsame von dem Wilden, der Harmlose schließlich von dem Grausamen. Die Utopier haben deshalb dieses ganze Geschäft des Jagens als eine der Freien unwürdige Beschäftigung den Metzgern zugewiesen, deren Handwerk sie, wie oben erwähnt, von Sklaven ausüben lassen. Ihrer Anschauung nach ist nämlich die Jagd die niedrigste Verrichtung dieses Handwerks, die übrigen sind in ihren Augen nützlicher und ehrbarer, weil sie die Tiere weit mehr schonen und nur aus Notwendigkeit töten, während der Jäger einzig und allein im Morden und Zerfleischen des armen Tieres sein Vergnügen sucht. Dieses Lustgefühl beim Anblick des Mordens hat nach Ansicht der Utopier sogar beim Morden der Tiere seinen Ursprung in einer grausamen Gemütsstimmung oder artet schließlich infolge ständiger Wiederholung des so rohen Vergnügens in Grausamkeit aus. Diese und alle sonstigen Genüsse derart – es gibt nämlich deren unzählige – hält zwar die große Masse der Menschen für Vergnügen, die Utopier dagegen erklären rund heraus, mit dem wahren Vergnügen habe das alles gar nichts zu tun, da ihm von Natur alles Erfreuliche fehle. Denn wenn es auch für gewöhnlich den Sinn mit Wohlbehagen erfüllt, was ja die Aufgabe des Vergnügens zu sein scheint, so gehen die Utopier doch nicht von ihrer Meinung ab. Der Grund dafür ist nämlich nicht die Natur der Sache selbst, sondern die üble Gewohnheit der Menschen. Sie ist schuld daran, daß man Bitteres als süß hinnimmt, genau so wie schwangere Frauen, deren Geschmack gestört ist, Pech und Talg für süßer als Honig halten. Aber das Urteil eines einzelnen, das durch Krankheit oder Gewöhnung getrübt ist, kann die Natur nicht ändern, die des Vergnügens ebensowenig wie die anderer Dinge.

Von den nach ihrer Ansicht echten Vergnügen unterscheiden die Utopier verschiedene Arten, und zwar weisen sie die einen der Seele und die anderen dem Leibe zu. Zu den Vergnügen der Seele zählen sie die geistige Betätigung sowie das Wohlbehagen, das die Betrachtung der Wahrheit hervorruft. Dazu kommt das angenehme Bewußtsein eines untadeligen Lebenswandels und die sichere Hoffnung auf die Glückseligkeit nach dem Tode. Die körperliche Lust zerfällt in zwei Arten. Die erste ist die, die unsere Sinne mit einem deutlichen Wohlbehagen erfüllt. Das geschieht zum Teil durch die Erneuerung derjenigen Bestandteile unseres Körpers, die durch die Wärmeerzeugung in unserem Inneren verbraucht sind – diese führt uns nämlich Essen und Trinken wieder zu –, zum Teil auch durch Ausscheidung der in unserem Körper überflüssigen Stoffe. Das wird erreicht durch Reinigung der Eingeweide von den Exkrementen oder durch Zeugung von Kindern oder wenn das Jucken eines Körperteils durch Reiben oder Kratzen gelindert wird. Bisweilen aber entsteht auch ein Vergnügen, das unserem Körper weder etwas zuführt, wonach die Organe verlangen, noch diese von etwas Lästigem befreit. Es ist aber eine Lustempfindung, die unsere Sinne trotzdem mit einer Art geheimer Gewalt, aber in einer deutlich sichtbaren Erregung zu kitzeln, anzuregen und an sich zu ziehen vermag; ein solches Vergnügen bereitet die Musik. Die zweite Art des körperlichen Vergnügens erblicken die Utopier in einem ruhigen und gleichmäßigen Zustand des Körpers, das heißt also in der durch keinerlei Unbehagen gestörten Gesundheit des einzelnen. Diese ruft ja, falls kein Schmerz sie beeinträchtigt, schon an und für sich Wohlbehagen hervor, selbst wenn keine von außen kommende Lust auf den Körper einwirken sollte. Zwar tritt sie weniger hervor und reizt die Sinne weniger als jene ungestüme Lust an Essen und Trinken; nichtsdestoweniger jedoch gilt sie vielen in Utopien als das größte, fast allen aber als ein großes Vergnügen und gleichsam als die Grundlage und der Grundstein aller Vergnügen. Denn sie allein macht unser Leben ruhig und lebenswert, und ohne sie ist bei keinem und nirgends noch Raum für irgendein Vergnügen. Denn auch wenn man gar keine Schmerzen hat, dabei aber nicht gesund ist, so ist doch dieser Zustand in den Augen der Utopier kein Vergnügen, sondern Stumpfheit. Schon längst gilt bei ihnen die Lehre der Philosophen nicht mehr, die da meinten, man dürfe eine beständige und ungestörte Gesundheit deshalb nicht für ein Vergnügen halten, weil das Vorhandensein eines solchen nur infolge einer Erregung von außen her zu merken sei; auch diese Frage ist nämlich eifrig bei den Utopiern erörtert worden. Vielmehr sind sie jetzt im Gegenteil fast alle darin einig, daß die Gesundheit sogar ganz besonders als ein Vergnügen anzusehen ist. Da nämlich mit der Krankheit, so sagen sie, der Schmerz verbunden ist, der der unversöhnliche Feind des Vergnügens ist, ebenso wie die Krankheit der Feind der Gesundheit, warum sollte dann nicht anderseits mit einer ungestörten Gesundheit das Vergnügen verbunden sein? Dabei ist es nach ihrer Ansicht ohne Belang, ob man die Krankheit selber als Schmerz oder den Schmerz nur als Begleiterscheinung der Krankheit bezeichnet; die Wirkung sei ja in beiden Fällen gleich stark. Mag nun die Gesundheit entweder ein Vergnügen an und für sich oder nur seine notwendige Ursache sein, wie das Feuer die Ursache der Hitze ist, ohne Zweifel ist die Wirkung in beiden Fällen die, daß ein Mensch, der sich einer eisernen Gesundheit erfreut, ein Vergnügen empfinden muß. Außerdem, so sagen sie, wenn wir essen, was geschieht da anderes, als daß die Gesundheit, die allmählich erschüttert worden war, im Bunde mit der Speise gegen den Hunger ankämpft? Während der betreffende Mensch selbst dabei wieder erstarkt und seine gewohnte Kraft wiedererlangt, bereitet ihm die Gesundheit jenes Vergnügen, das uns so erquickt. Wird nun aber die Gesundheit, die sich schon während des Kampfes freut, nicht erst recht froh sein, wenn sie den Sieg errungen hat? Ist sie endlich wieder glücklich im Besitze ihrer alten Stärke, um die allein sie den ganzen Kampf geführt hat, wird sie dann etwa gefühllos werden und ihr Glück nicht erkennen und keinen großen Wert darauf legen? Daß man nämlich sagt, man könne die Gesundheit nicht empfinden, ist nach Meinung der Utopier ganz falsch. Wer empfindet denn nicht, so sagen sie, wenn er nicht gerade schläft, daß er gesund ist, außer dem, der es eben nicht ist? Wer liegt in so festen Banden des Stumpfsinns oder der Lethargie, daß er nicht zugeben sollte, die Gesundheit bereite ihm Freude und Genuß? Was ist aber Genuß anderes als eine andere Bezeichnung für Vergnügen?

Nach alledem schätzen die Utopier besonders die geistigen Vergnügen; sie halten sie nämlich für die ersten und wesentlichsten von allen, und in der Hauptsache entstehen sie nach ihrer Meinung aus der Übung der

Tugend und dem Bewußtsein eines rechtschaffenen Lebenswandels. Unter den körperlichen Vergnügen stellen sie die Gesundheit an erste Stelle; denn die Annehmlichkeit des Essens und Trinkens und alle anderen Ergötzlichkeiten der Art betrachten sie zwar als erstrebenswert, aber nur um der Gesundheit willen. Solcherlei nämlich sei nicht an und für sich erfreulich, sondern nur insofern, als es einer sich heimlich einschleichenden Krankheit entgegenwirke. Wie deshalb der Verständige eher Krankheiten vorbeugen als nach Arznei verlangen und lieber die Schmerzen beseitigen als zu Trostmitteln greifen müsse, so sei es besser, man habe diese Art Vergnügen gar nicht nötig, als daß man darin ein Linderungsmittel erblicke. Sollte wirklich jemand in dieser Art Vergnügen sein Glück sehen, so müsse er notwendig zugeben, er werde dann erst am glücklichsten sein, wenn ihm ein Leben in beständigem Hunger, Durst, Jucken, Essen, Trinken, Kratzen und Reiben beschieden sei. Daß ein solches Leben aber nicht bloß häßlich, sondern auch jämmerlich wäre, sieht jeder ein. Diese Genüsse sind in der Tat die niedrigsten, weil sie keineswegs reiner Natur sind; denn immer sind sie von den entgegengesetzten Schmerzen begleitet. So ist mit dem Genuß des Essens der Hunger verbunden, und zwar in einem recht ungleichen Verhältnis. Denn der Schmerz ist nicht nur heftiger, sondern hält auch länger an, da er ja eher als das Vergnügen entsteht und erst zusammen mit ihm vergeht.

Vergnügen dieser Art also sind nach Ansicht der Utopier nicht zu schätzen, soweit sie nicht zum Leben notwendig sind. Doch haben sie auch an ihnen ihre Freude und erkennen dankbar die Liebe der Mutter Natur an, die ihre Kinder mit den verlockendsten Lustgefühlen zu den für sie immer wieder lebensnotwendigen Verrichtungen anspornt. Wie würde uns nämlich unser Leben anekeln, wenn wir ebenso wie die übrigen Krankheiten, die uns seltener befallen, auch diese täglichen Erkrankungen an Hunger und Durst durch Gifte und bittere Arzneien bekämpfen müßten! Was dagegen Schönheit, Stärke und Gewandtheit anlangt, so hegen und pflegen die Utopier sie mit Vorliebe als eigentliche und willkommene Gaben der Natur. Als eine Art angenehme Würze des Lebens schätzen sie auch diejenigen Genüsse, die uns Auge, Ohr und Nase vermitteln und die die Natur ausschließlich für den Menschen, und zwar in besonderer Weise, geschaffen hat; denn keine andere Gattung von Lebewesen hat ein Auge für die Schönheit des Weltgebäudes oder wird irgendwie von Wohlgerüchen angenehm berührt, soweit sie nicht ihre Nahrung danach unterscheiden, oder hat ein Gehör für die verschiedenen Abstände harmonischer und dissonierender Töne. Bei allen diesen Genüssen aber sehen die Utopier darauf, daß nicht ein kleinerer einem größeren im Wege ist und daß niemals ein Vergnügen den Schmerz im Gefolge hat, was, wie sie meinen, notwendig bei einem nicht ehrbaren Vergnügen der Fall ist. Den Reiz der Schönheit dagegen zu verachten, die Kräfte zu schwächen, die Beweglichkeit zu Trägheit werden zu lassen, seinen Körper durch Fasten zu erschöpfen, seiner Gesundheit Gewalt anzutun und auch sonst von den Lockungen der Natur nichts wissen zu wollen, es sei denn, daß man sein Glück nur deshalb nicht wahrnimmt, um desto eifriger für das Wohl seiner Mitmenschen oder für das des Staates besorgt zu sein – eine Mühe, für die man als Entschädigung eine größere Freude von Gott erwartet –, aber sich zu kasteien, ohne jemandem zu nützen, sondern lediglich um eines nichtigen Schattens von Tugend willen oder um Mißgeschick, das einem aber vielleicht niemals widerfährt, leichter zu ertragen: das ist, so meinen die Utopier, ganz widersinnig, eine Grausamkeit gegen sich selbst und der bitterste Undank gegen die Natur; denn dadurch verzichtet man auf alle ihre Wohltaten, gleich als ob man es verschmähte, ihr irgendwie zu Dank verpflichtet zu sein.

Das ist die Ansicht der Utopier über die Tugend und das Vergnügen, und, wie sie glauben, kann man keine finden, mit der menschliche Vernunft der Wahrheit näher kommt, es müßte denn sein, daß eine vom Himmel gesandte Religion einem Menschen noch frömmere Gedanken eingibt. Ob sie damit recht oder unrecht haben, können wir aus Mangel an Zeit nicht genau untersuchen, auch ist das gar nicht nötig; denn wir haben es ja nur unternommen, von ihren Einrichtungen zu erzählen, nicht aber diese in Schutz zu nehmen. Wie es sich aber auch mit den angeführten Grundsätzen der Utopier verhalten mag, davon bin ich fest überzeugt: nirgends ist das Volk tüchtiger, und nirgends ist der Staat glücklicher als in Utopien.

Die Utopier sind körperlich gewandt und rüstig; auch besitzen sie mehr Kräfte, als ihre Statur erwarten läßt; doch ist diese nicht unansehnlich. Der Boden ist zwar nicht überall fruchtbar und das Klima nicht besonders gesund, aber sie härten sich gegen die Witterung durch eine mäßige Lebensweise so sehr ab und verbessern die Beschaffenheit des zu bestellenden Landes mit solchem Eifer, daß nirgends in der Welt der Ertrag an Feldfrucht und Vieh reicher ist und nirgends die Menschen langlebiger und widerstandsfähiger gegen Krankheiten sind. Deshalb kann man in Utopien die Landleute nicht nur die üblichen Arbeiten verrichten sehen, wie sie die von Natur geringere Fruchtbarkeit des Bodens durch Kunst und Fleiß steigern, sondern man kann auch beobachten, wie irgendwo ein Wald vollständig ausgerodet und anderswo wieder angepflanzt wird. Dabei gibt nicht die Rücksicht auf den Ertrag, sondern auf den Transport den Ausschlag; das Holz soll sich nämlich in größerer Nähe des Meeres oder der Flüsse oder der Städte selbst befinden, weil sein Transport von weither auf dem Landwege beschwerlicher ist als der des Getreides. Die Utopier sind ein gewandtes, witziges und kunstfertiges Volk. Es genießt gern seine Muße, besitzt aber auch nötigenfalls genügend Ausdauer in körperlicher Arbeit. Sonst ist es in der Tat keineswegs arbeitswütig, doch kennt es keine Ermüdung, wenn es sich um geistige Interessen handelt.

Als wir den Utopiern von der griechischen Literatur und Wissenschaft erzählten – über die Lateiner sprachen wir nicht, weil von ihnen, wie wir meinten, höchstens die Historiker und Dichter ihren lebhaften Beifall finden würden –, staunten wir, mit welchem Eifer sie darauf bestanden, unter unserer Anleitung Griechisch gründlich lernen zu dürfen. So begannen wir denn mit dem Unterricht, anfangs mehr deshalb, um nicht den Anschein zu erwecken, als wollten wir uns nicht der Mühe unterziehen, als weil wir mit irgendeinem Erfolg gerechnet hätten. Sobald wir aber ein kleines Stück vorangekommen waren, ließ uns ihr Fleiß erkennen, daß wir unseren Eifer nicht umsonst aufwenden würden; denn die Utopier begannen, die Buchstaben so mühelos nachzuschreiben, die Worte so geläufig auszusprechen, so schnell sich einzuprägen und so getreu zu wiederholen, daß es uns wie ein Wunder vorkam. Allerdings gehörten die Leute, die nicht bloß aus freien Stücken und aus Begeisterung, sondern auch auf Grund einer Verfügung des Senats das Studium des Griechischen begannen, zu den erlesensten Geistern der Gebildeten und standen in reifem Alter. Und so hatten sie denn noch vor Ablauf von drei Jahren in ihrer sprachlichen Ausbildung keine Lücken mehr und konnten gute Schriftsteller, abgesehen von Schwierigkeiten infolge einer fehlerhaften Textstelle, ohne Anstoß lesen und verstehen. Wie ich wenigstens vermute, eigneten sie sich die Kenntnis der griechischen Sprache auch wegen ihrer teilweisen Verwandtschaft mit der Landessprache leichter an. Ich nehme nämlich an, die Utopier stammen von den Griechen ab; denn in ihrer fast persisch klingenden Sprache haben sich noch in den Orts- und Amtsnamen Spuren des Griechischen erhalten.

Im Begriff, meine vierte Seereise nach Utopien anzutreten, nahm ich an Stelle von Waren einen ziemlich großen Packen Bücher mit an Bord, weil ich fest entschlossen war, lieber gar nicht statt nach kurzer Zeit schon heimzukehren. So besitzen denn die Utopier folgendes von mir: die meisten Werke Platos, mehrere Schriften des Aristoteles, sodann Theophrasts Buch über die Pflanzen, das aber leider an mehreren Stellen lückenhaft ist. Während der Seefahrt hatte ich nämlich auf das Buch weniger Obacht gegeben, und so hatte sich eine Meerkatze seiner bemächtigt und, ausgelassen und spielig, hier und da ein paar Blätter herausgerissen und zerfetzt. Von den Grammatikern haben sie nur den Lascaris; den Theodorus habe ich nämlich gar nicht mitgenommen, ebenso kein Wörterbuch, außer Hesych und Dioscorides. Plutarchs kleine Schriften haben sie sehr gern, und auch Lucians Witz und Anmut fesseln sie. Von den Dichtern besitzen sie Aristophanes, Homer und Euripides, ferner Sophocles in den kleinen Typen des Aldus, von den Historikern Thucydides, Herodot sowie Herodian. Sogar aus dem Gebiet der Medizin hatte mein Reisegefährte Tricius Apinatus etwas mitgebracht, nämlich einige kleine Schriften des Hippocrates und die Mikrotechne Galens. Gerade auf diese beiden Bücher legen die Utopier großen Wert; denn wenn sie die Heilkunde auch wohl weniger als alle anderen Völker brauchen, so steht sie doch nirgends in größerer Achtung, und zwar schon deshalb, weil man in Utopien ihre Kenntnis zu den schönsten und nützlichsten Teilen der Philosophie rechnet. Mit ihrer Hilfe erforscht man nämlich die Geheimnisse der Natur, und man glaubt, nicht bloß einen wunderbaren Genuß davon zu haben, sondern auch die höchste Gunst des Schöpfers und Werkmeisters der Natur zu gewinnen. Man ist ja der Meinung, er habe nach Art der übrigen Künstler den sehenswerten Mechanismus dieser Welt für den Menschen zur Betrachtung ausgestellt und ihn allein in seinem Inneren für eine so gewaltige Schöpfung aufnahmefähig gemacht, und deshalb sei ihm ein wißbegieriger und achtsamer Betrachter und Bewunderer seines Werkes lieber als einer, der ein so erhabenes und wundervolles Schauspiel stumpf und unerschüttert nicht beachtet.

So sind denn die Utopier infolge ihrer wissenschaftlichen Ausbildung erstaunlich begabt für technische Erfindungen, die etwas dazu beitragen, das Leben angenehm und bequem zu machen. Zwei Erfindungen jedoch verdanken sie uns, die Buchdruckerkunst und die Herstellung des Papiers, aber doch nicht uns allein, sondern zu einem guten Teile auch sich selber. Als wir ihnen nämlich die Bücher zeigten, die Aldus auf Papier gedruckt hatte, und ihnen von dem zur Papierfabrikation notwendigen Material und von den Druckverfahren mehr bloß etwas erzählten, statt ihnen die Sache zu erklären – keiner von uns besaß nämlich in einer der beiden Künste praktische Erfahrung –, errieten sie sogleich äußerst scharfsinnig das Verfahren, und, während sie bis dahin nur auf Häuten, Rinde und Papyrusbast schrieben, versuchten sie nunmehr sofort, Papier herzustellen und zu drucken. Im Anfang wollte es ihnen nicht so recht gelingen, aber durch häufigere Versuche kamen sie bald dahinter und brachten es dann in beiden Künsten so weit, daß es keinen Mangel an Exemplaren griechischer Autoren geben könnte, wenn anders Handschriften vorhanden wären. Zur Zeit aber steht den Utopiern nichts weiter zur Verfügung, als was ich erwähnt habe; das aber haben sie bereits in vielen tausend Exemplaren durch den Druck vervielfältigt.

Wer aus Schaulust nach Utopien kommt, wird mit offenen Armen aufgenommen, wenn er sich durch eine besondere Begabung oder durch Kenntnis vieler Länder auszeichnet, die er sich auf langen Reisen im Ausland erworben hat, und wenn sich seine Aufnahme dadurch empfiehlt. Aus diesem Grunde war den Utopiern auch unsere Landung willkommen; denn sie hören gern von dem Geschehen überall in der Welt. Zu Handelszwecken dagegen kommen Fremde nicht gerade häufig hin. Was sollte man denn auch dort einführen außer Eisen oder Gold und Silber, das aber jeder doch lieber mit heimbringen möchte? Was sie aber aus ihrem eigenen Lande auszuführen haben, das verschiffen sie auf Grund reiflicher Überlegung lieber selber, als daß sie es von anderen holen lassen, einmal, um die Völker des Auslands ringsum genauer kennenzulernen, und sodann, um nicht ihrer nautischen Übung und Erfahrung verlustig zu gehen.

Die Sklaven

Als Sklaven verwenden die Utopier weder Kriegsgefangene, außer wenn sie selber den Krieg geführt haben, noch Söhne von Sklaven noch schließlich jemanden, den sie bei anderen Völkern als Sklaven kaufen können. Ihre Sklaven sind vielmehr Mitbürger, die wegen eines Verbrechens zu Sklaven gemacht, oder, was weit häufiger der Fall ist, Leute, die in Städten des Auslands wegen irgendeiner Missetat zum Tode verurteilt wurden. Von letzteren holen sich die Utopier einen großen Teil ins Land; bisweilen zahlen sie für sie nur einen geringen Preis, noch öfter auch gar nichts. Diese beiden Arten von Sklaven müssen nicht nur dauernd arbeiten, sondern auch Fesseln tragen. Ihre eigenen Landsleute aber behandeln die Utopier noch härter; denn sie sind in ihren Augen deshalb noch verworfener und verdienen deshalb noch schwerere Strafen, weil sie sich trotz der vortrefflichen Anleitung zur Tugend, die sie durch eine ausgezeichnete Erziehung gehabt haben, dennoch nicht von einem Verbrechen haben abhalten lassen.

Eine andere Klasse von Sklaven bilden diejenigen, die es als arbeitsame und arme Tagelöhner eines fremden Volkes vorziehen, aus freien Stücken bei den Utopiern Sklavendienste zu leisten. Diese behandeln sie anständig und nicht viel weniger gut als ihre Mitbürger; nur haben sie ein klein wenig mehr Arbeit zu leisten, da sie ja daran gewöhnt sind. Will einer von ihnen wieder fort, was aber nur selten der Fall ist, so hält man ihn weder wider seinen Willen zurück, noch läßt man ihn ohne irgendein Geschenk ziehen.

Die Kranken pflegt man, wie erwähnt, mit großer Liebe, und man tut unbedingt alles, um sie durch eine gewissenhafte Behandlung mit Arznei oder Diät wieder gesund zu machen. Sogar die, die an unheilbaren Krankheiten leiden, sucht man zu trösten, indem man sich zu ihnen setzt, sich mit ihnen unterhält und ihnen schließlich alle möglichen Erleichterungen schafft. Ist jedoch die Krankheit nicht bloß unheilbar, sondern quält und martert sie den Patienten auch noch dauernd, dann stellen ihm die Priester und obrigkeitlichen Personen vor, er sei allen Ansprüchen, die das Leben an ihn stelle, nicht mehr gewachsen, falle anderen nur zur Last und überlebe, sich selber zur Qual, bereits seinen eigenen Tod. Er solle deshalb nicht darauf bestehen, seiner Krankheit noch länger Gelegenheit zu geben, ihn zu verzehren; er möge vielmehr ohne Zögern seinem Leben ein Ende machen, da es ja für ihn nur noch eine Qual sei, und sich in Zuversicht und guten Mutes von diesem traurigen Leben wie von einem Kerker oder einer quälenden Sorge entweder selbst frei machen oder sich mit seinem Einverständnis von anderen seiner Pein entreißen lassen. Das werde klug sein, da er durch seinen Tod nicht das Glück, sondern nur die Qual seines Lebens vorzeitig beende; zugleich aber werde er ein frommes und heiliges Werk vollbringen, da er ja in diesem Falle nur den Rat der Priester, der Deuter des göttlichen Willens, befolge. Wer sich nun dadurch überreden läßt, stirbt entweder freiwillig den Hungertod oder läßt sich betäuben und wird so ohne eine Todesempfindung erlöst. Gegen seinen Willen aber bringen die Utopier niemanden ums Leben; auch lassen sie es keinem trotz seiner Weigerung, freiwillig aus dem Leben zu scheiden, an irgendeinem Liebesdienst fehlen. Sich überreden zu lassen und so zu sterben, gilt als ehrenvoll. Wer sich aber das Leben nimmt aus einem Grunde, den Priester und Senat nicht billigen, den hält man weder der Beerdigung noch der Verbrennung für würdig; zu seiner Schande läßt man ihn unbestattet und wirft ihn in irgendeinen Sumpf.

Das Weib heiratet nicht vor dem 18., der Mann aber erst nach erfülltem 22. Lebensjahre. Wenn ein Mann oder ein Weib vor der Ehe geheimen Geschlechtsverkehrs überführt wird, so trifft ihn oder sie strenge Strafe, und beide dürfen überhaupt nicht heiraten, es sei denn, daß der Bürgermeister Gnade für Recht ergehen läßt. Aber auch der Hausvater und die Hausmutter, in deren Hause die Schandtat begangen wurde, sind in hohem Maße übler Nachrede ausgesetzt, da sie, wie man meint, ihre Pflicht nicht gewissenhaft genug erfüllt haben. Die Utopier ahnden dieses Vergehen deshalb so streng, weil sich, wie sie voraussehen, nur selten zwei Leute zu ehelicher Gemeinschaft vereinigen würden, wenn man den zügellosen Geschlechtsverkehr nicht energisch unterbände; denn in der Ehe muß man sein ganzes Leben mit nur einer Person zusammen verbringen und außerdem so mancherlei Beschwernis geduldig mit in Kauf nehmen.

Ferner beobachten sie bei der Auswahl der Ehegatten mit Ernst und Strenge einen Brauch, der uns jedoch höchst unschicklich und überaus lächerlich vorkam. Eine gesetzte, ehrbare Matrone zeigt nämlich dem Freier das Weib, sei es ein Mädchen oder eine Witwe, nackt; und ebenso zeigt anderseits ein sittsamer Mann den Freier nackt dem Mädchen. Diese Sitte fanden wir lächerlich, und wir tadelten sie als anstößig; die Utopier dagegen konnten sich nicht genug über die auffallende Torheit all der anderen Völker wundern. Wenn dort, so sagten sie, jemand ein Füllen kauft, wobei es sich nur um einige wenige Geldstücke handelt, ist er so vorsichtig, daß er sich trotz der fast völligen Nacktheit des Tieres nicht eher zum Kaufe entschließt, als bis der Sattel und alle Reitdecken abgenommen sind; denn unter diesen Hüllen könnte ja irgendeine schadhafte Stelle verborgen sein. Gilt es aber, eine Ehefrau auszuwählen, eine Angelegenheit, die Genuß oder Ekel fürs ganze Leben zur Folge hat, so geht man mit solcher Nachlässigkeit zu Werke, daß man das ganze Weib kaum nach einer Handbreit seines Körpers beurteilt. Man sieht sich nichts weiter als das Gesicht an – der übrige Körper ist ja von der Kleidung verhüllt –, und so bindet man sich an die Frau und setzt sich dabei der großen Gefahr aus, daß der Ehebund keinen rechten Halt hat, wenn später etwas Anstoß erregen sollte. Denn einerseits sind nicht alle Männer so klug, nur auf den Charakter zu sehen, anderseits aber ist auch in den Ehen kluger Männer Schönheit des Körpers eine nicht unwesentliche Zugabe zu den Vorzügen des Geistes. Auf jeden Fall aber können jene Kleiderhüllen eine Häßlichkeit verbergen, die so abstoßend wirkt, daß sie imstande ist, Herz und Sinn eines Mannes seiner Frau völlig zu entfremden, da eine körperliche Trennung nicht mehr möglich ist. Wenn nun solch ein häßliches Aussehen die Folge irgendeines Unglücksfalles erst nach der Heirat ist, so muß sich jedes in sein Schicksal fügen; dagegen ist durch gesetzliche Bestimmungen zu verhüten, daß jemand vor der Eheschließung einer Täuschung zum Opfer fällt. Die Utopier mußten das um so angelegentlicher ihre Sorge sein lassen, weil sie allein von den Völkern jener Himmelstriche sich mit nur einer Gattin begnügen und weil eine Ehe dort nur selten anders als durch den Tod gelöst wird, wenn nicht gerade Ehebruch oder unerträglich schlechte Aufführung die Scheidung veranlassen. Wird nämlich einer von beiden Teilen auf diese Weise beleidigt, so erhält er vom Senat die Erlaubnis zu einer neuen Ehe; der schuldige Teil dagegen lebt ehrlos bis an sein Ende und darf keine neue Ehe eingehen. Daß aber jemand seine Frau, die nichts verbrochen hat, wider ihren Willen nur deshalb verstößt, weil sie einen körperlichen Unfall erlitten hat, duldet man allerdings auf keinen Fall; denn man hält es für eine Grausamkeit, jemanden gerade dann im Stiche zu lassen, wenn er des Trostes am meisten bedarf, und man ist der Meinung, der alternde Gatte werde dann nicht mehr sicher und fest darauf vertrauen können, daß ihm die eheliche Treue gehalten wird, da das Alter Krankheiten mit sich bringt und schon an und für sich eine Krankheit ist. Zuweilen jedoch kommt es vor, daß die Ehegatten charakterlich nicht recht miteinander harmonieren. Wenn dann beide jemand anders finden, mit dem sie glücklicher zu leben hoffen, so trennen sie sich in gütlicher Vereinbarung und gehen eine neue Ehe ein, allerdings nicht ohne Genehmigung des Senats, der Scheidungen erst nach sorgfältiger Untersuchung der Sache durch seine Mitglieder und deren Ehefrauen zuläßt. Aber auch dann machen die Senatoren die Scheidung nicht leicht, weil sie wissen, daß die Aussicht, ohne Schwierigkeit eine neue Ehe eingehen zu können, keineswegs dazu dient, die Liebe der Ehegatten zu festigen.

Ehebrecher bestraft man mit äußerst harter Sklaverei. Waren beide Teile verheiratet, so können die Gatten, denen das Unrecht widerfährt, ihre schuldigen Ehepartner verstoßen und, wenn sie Lust haben, sich gegenseitig oder, wen sie sonst wollen, heiraten. Wenn dagegen der eine beleidigte Teil den anderen noch weiter liebt, obgleich er es so wenig verdient, so kann die Ehe gesetzlich fortbestehen, falls der beleidigte Teil gewillt ist, dem zur Zwangsarbeit verurteilten in die Sklaverei zu folgen. Bisweilen erregen auch die Reue des einen und die pflichteifrige Zuneigung des anderen Teiles das Mitleid des Bürgermeisters, so daß er dem schuldigen Gatten wieder die Freiheit erwirkt. Wer aber dann rückfällig wird, muß mit dem Leben büßen.

Für die übrigen Verbrechen sieht das Gesetz keine bestimmten Strafen vor, sondern der Senat setzt in jedem Falle, je nachdem ihm das Vergehen schwer erscheint oder nicht, die Strafe fest. Die Männer züchtigen ihre Frauen und die Eltern ihre Kinder, wenn die Missetat nicht so schlimm ist, daß das Interesse der Moral eine öffentliche Bestrafung verlangt. In der Regel ahndet man die schwersten Verbrechen mit Zwangsarbeit; denn man ist der Meinung, das sei für die Verbrecher nicht weniger hart und zugleich für den Staat nicht weniger vorteilhaft, als wenn man die Schuldigen schleunigst abschlachte und stracks aus dem Wege schaffe. Einmal nämlich bringt ihre Arbeit mehr Nutzen als ihre Hinrichtung, und sodann schrecken sie durch ihr warnendes Beispiel für längere Zeit andere von ähnlicher Untat ab. Sollten sie sich aber in solcher Lage widersetzlich und aufsässig benehmen, so schlägt man sie schließlich tot wie wilde Tiere, die weder Kerker noch Ketten bändigen können. Denen aber, die sich geduldig fügen, nimmt man nicht gänzlich jede Hoffnung. Wenn nämlich eine lange Leidenszeit ihren Widerstand gebrochen hat und wenn sie eine Reue zur Schau tragen, die bekundet, daß sie ihre Schuld mehr drückt als ihre Strafe, so wird ihre Zwangsarbeit bisweilen durch ein Wort des Bürgermeisters, bisweilen aber auch durch Volksbeschluß entweder erleichtert oder erlassen.

Wer zur Unzucht verleitet, setzt sich ebenso großer Gefahr aus wie der, der sie begeht. Bei jeder Schandtat kommt nämlich in den Augen der Utopier der bestimmte und wohlüberlegte Versuch der Tat selbst gleich; denn, so meinen sie, was den Versuch nicht zur Tat werden ließ, darf dem nicht zum Vorteil gereichen, an dem es gar nicht gelegen hat, daß der Versuch nicht zur Tat wurde. – Possenreißer machen den Utopiern viel Spaß. Sie zu beleidigen ist in ihren Augen eine große Ungehörigkeit. Doch finden sie nichts dabei, wenn man sich mit ihrer Torheit einen Spaß macht; denn das ist nach ihrer Meinung für die Possenreißer selber von größtem Vorteil. Ist aber jemand so ernst und finster, daß er über nichts, was ein Narr tut oder spricht, lacht, so darf man ihrer Ansicht nach einen Narren seiner Obhut nicht anvertrauen; sie fürchten nämlich, er werde ihn nicht nachsichtig genug behandeln, weil er von ihm nicht nur keinen Nutzen, sondern nicht einmal Erheiterung haben werde, und diese Begabung ist ja seine einzige Stärke.

Einen Mißgestalteten und Krüppel zu verlachen, ist nach Meinung der Utopier schimpflich und häßlich, und zwar nicht für den, der verspottet wird, sondern für den Spötter; denn dieser ist so töricht, jemandem etwas als Fehler zum Vorwurf zu machen, was zu vermeiden gar nicht in seiner Macht lag. Wie es nämlich in den Augen der Utopier einerseits eine Nachlässigkeit und Trägheit ist, sich seine körperliche Schönheit nicht zu erhalten, so ist es anderseits eine Schande und Unverschämtheit, die Schminke zu Hilfe zu nehmen. Wissen sie doch aus persönlicher Erfahrung, daß eine Frau die Achtung und Liebe ihres Mannes durch keinerlei Aufputz des Äußeren in gleicher Weise wie durch Sittsamkeit und Ehrerbietung gewinnt. Wenn sich nämlich auch manche Männer durch bloße Schönheit fangen lassen, so ist doch keiner ohne Tugend und Gehorsam auf die Dauer festzuhalten.

Die Utopier schrecken nicht bloß durch Strafen von Schandtaten ab, sondern geben auch durch die Aussicht auf Ehrungen einen Anreiz zur Tugendhaftigkeit. Zu diesem Zweck errichten sie berühmten und um den Staat besonders verdienten Männern auf dem Markte Standbilder zur Erinnerung an ihre Taten; zugleich aber soll der Ruhm der Vorfahren ihre Nachkommen mit Nachdruck zur Tugend anspornen.

Wer sich ein Amt zu erschleichen sucht, geht der Aussicht verlustig, überhaupt ein Amt zu erlangen.

Die Utopier verkehren in liebevoller Weise miteinander, und auch die obrigkeitlichen Personen sind weder anmaßend noch schroff. Sie heißen Väter, und als solche zeigen sie sich auch. Aus freien Stücken erweist man ihnen die gebührende Ehre, und man läßt sich nicht dazu zwingen. Nicht einmal den Bürgermeister macht eine besondere Tracht oder ein Diadem kenntlich, sondern nur ein Büschel Ähren, das er trägt, wie das Kennzeichen des Oberpriesters eine Wachskerze ist, die ihm vorangetragen wird.

Gesetze haben die Utopier in ganz geringer Zahl; für Leute von solcher Disziplin genügen ja auch überaus wenige. Ja, das mißbilligen sie vor allem anderen bei fremden Völkern, daß dort nicht einmal eine Flut von Gesetzbüchern und Kommentaren ausreicht. Ihnen selbst aber kommt es höchst unbillig vor, wenn sich jemand durch Gesetze verpflichten soll, die entweder zu zahlreich sind, als daß er sie durchlesen könnte, oder zu dunkel, als daß sie jedermann verständlich wären. Ferner wollen sie von Advokaten überhaupt nichts wissen, weil diese die Prozesse so gerissen führen und über die Gesetze so spitzfindig disputieren. Nach Ansicht der Utopier ist es nämlich von Vorteil, wenn jeder seine Sache selber vertritt und das, was er seinem Anwalt erzählen würde, dem Richter mitteilt; auf diese Weise werde es, so sagen sie, weniger Winkelzüge geben und die Wahrheit komme eher ans Licht. Wenn nämlich jemand spricht, den kein Anwalt Falschheit gelehrt hat, so wägt der Richter das einzelne, was er vorbringt, geschickt und klug ab und steht Leuten von harmloserem Charakter gegen die Verleumdungen verschlagener Gegner bei. Das läßt sich bei anderen Völkern wegen der Riesenmenge höchst verwickelter

Gesetze nur schwer durchführen, bei den Utopiern dagegen ist jeder einzelne gesetzeskundig. Einmal nämlich ist die Zahl ihrer Gesetze, wie gesagt, sehr gering, und sodann halten sie die am wenigsten gekünstelte Auslegung für die gegebenste. Denn wenn alle Gesetze, so sagen sie, nur dazu erlassen werden, jedermann an seine Pflicht zu erinnern, so wird dieser Zweck durch eine feinere Auslegung, die nur wenige verstehen, auch nur bei sehr wenigen erreicht; dagegen ist eine einfachere und näherliegende Erklärung der Gesetze einem jeden verständlich. Was aber nun die große Masse anlangt, die an Zahl stärkste Klasse, die der Ermahnung am meisten bedarf, was macht es der aus, ob man überhaupt kein Gesetz gibt oder ob man ein schon bestehendes Gesetz in einem Sinne auslegt, den jemand nur mit viel Geist und in langer Erörterung herausfinden kann? Damit kann sich weder der hausbackene Verstand des gemeinen Mannes befassen, noch läßt ihm sein Leben, das von der Beschaffung des Unterhaltes ausgefüllt ist, die Zeit dazu.

Diese Vorzüge der Utopier veranlassen ihre Nachbarn, obwohl sie frei und selbständig sind – viele von ihnen sind durch die Utopier schon vor alters von der Tyrannei befreit worden –, sich von ihnen ihre obrigkeitlichen Personen, teils auf je ein Jahr, teils auf fünf Jahre, zu erbitten. Nach Ablauf ihrer Amtszeit geleiten die Fremden sie mit Ehre und Lob nach Utopien zurück und nehmen wieder neue Leute in die Heimat mit. Und diese Völker sorgen in der Tat aufs beste für das Wohlergehen ihres Staates. Da nämlich dessen Heil und Verderben von der Führung der Beamten abhängt, hätten sie keine klügere Wahl treffen können. Denn einerseits sind diese Fremden durch keinerlei Bestechung vom Wege der Tugend abzubringen, da sie ja bei ihrer bald wieder erfolgenden Heimkehr nicht lange Nutzen von dem Gelde haben würden; anderseits sind ihnen die fremden Bürger unbekannt, und so lassen sie sich nicht von unangebrachter Zuneigung oder Abneigung gegen irgend jemand leiten. Wo aber diese beiden Übel, Parteilichkeit und Geldgier, die Urteile beeinflussen, da ertöten sie sogleich alle Gerechtigkeit, den Lebensnerv des staatlichen Lebens. Diese Völker, die sich von den

Utopiern ihre Obrigkeiten erbitten, werden von ihnen Genossen genannt, die übrigen aber, denen sie Wohltaten erwiesen haben, Freunde.

Bündnisse, wie sie die übrigen Völker so oft untereinander abschließen, brechen und wieder erneuern, gehen die Utopier mit keinem Volke ein. Wozu denn ein Bündnis? sagen sie. Genügen nicht die natürlichen Bande der Menschen untereinander? Wer diese nicht achtet, sollte der sich etwa durch Worte gebunden fühlen? Zu dieser Ansicht kommen die Utopier wohl besonders dadurch, daß in jenen Ländern Bündnisse und Verträge der Fürsten in der Regel zu wenig gewissenhaft gehalten werden. Und in der Tat ist in Europa, und zwar vor allem in den Teilen, wo christlicher Glaube und christliche Religion herrschen, die Majestät der Verträge überall heilig und unverletzlich, teils infolge der Gerechtigkeit und Redlichkeit der Fürsten selbst, teils infolge der Ehrerbietung und Scheu der Geistlichkeit gegenüber, die selber keine Verpflichtung auf sich nimmt, ohne sie aufs gewissenhafteste einzuhalten, die aber auch sämtlichen übrigen Fürsten befiehlt, ihre Versprechen auf alle Weise zu erfüllen, dagegen diejenigen, die sich weigern, mit strenger Kirchenstrafe dazu zwingt. Mit Recht fürwahr meinen sie, es müßte höchst schimpflich erscheinen, wenn die Bündnisse jener Männer Treu und Glauben vermissen ließen, die in besonderem Sinne „Gläubige“ heißen. In jener neuen Welt dagegen, die von der unsrigen fast weniger noch durch den Äquator als durch Lebensweise und Sitten geschieden ist, kann man sich auf Verträge überhaupt nicht verlassen. Je zahlreicher und feierlicher die Formalitäten sind, mit denen ein Vertrag gleichsam verknotet ist, um so schneller wird er gebrochen, weil es keine Mühe macht, seinen Wortlaut zu verdrehen. Die Leute dort setzen nämlich einen Vertrag bisweilen ganz verzwickt auf. Infolgedessen sind sie auch niemals auf Grund so fester Bindungen zu fassen, daß sie nicht durch irgendeine Masche entschlüpfen und in gleicher Weise mit der Vertragstreue Spott und Hohn treiben könnten. Wenn sie solch eine hinterlistige Gesinnung, ja solch einen Lug und Trug in einem Vertrag von Privatleuten fänden, so würden sie unter starkem Stirnrunzeln laut schreien, das sei ein Verbrechen, das den Galgen verdiene, und natürlich gerade die Leute, die sich rühmen, ihren

Fürsten selber dazu geraten zu haben. Die Folge davon ist, daß entweder die gesamte Gerechtigkeit nur als eine niedrige Tugend des gemeinen Mannes erscheint, die sich tief unter den Thron des Königs duckt, oder daß es zum mindesten zwei Arten von Gerechtigkeit gibt. Die eine kommt dem gemeinen Manne zu, geht zu Fuß, kriecht am Boden und ist ringsum von zahlreichen Fesseln gehemmt, um nirgends eine Umzäunung überspringen zu können. Die andere ist die Tugend der Fürsten, erhabener als die des Volkes, aber in ebenso weitem Abstand auch freier, die sich alles erlauben darf, was ihr gefällt.

Diese Treulosigkeit der Fürsten in jenen Ländern, die ihre Verträge so schlecht halten, ist meiner Meinung nach auch der Grund, daß die Utopier grundsätzlich keine abschließen; möglicherweise aber würden sie ihre Ansicht ändern, wenn sie hier lebten. Freilich erscheint es ihnen überhaupt als ein unheilvoller Brauch, ein Bündnis einzugehen, mag es auch noch so gewissenhaft gehalten werden. Denn es veranlaßt die Völker zu der Annahme, daß sie zu gegenseitiger Feindschaft im öffentlichen wie im privaten Leben geschaffen seien und daß sie mit Fug und Recht gegeneinander wüten, falls nicht Bündnisse dem im Wege stehen, gerade als ob keinerlei natürliche Gemeinschaft zwei Völker miteinander verbände, die nur ein winziger Zwischenraum, sei es ein Hügel oder ein Bach, trennt. Ja, selbst wenn Verträge abgeschlossen sind, so erwächst daraus nach ihrer Ansicht noch keine Freundschaft; es bleibt vielmehr immer noch die Möglichkeit, den anderen zu übervorteilen, soweit man es aus Unbedachtsamkeit bei der Festsetzung des Wortlauts unterlassen hat, mit genügender Vorsicht eine Bestimmung mit aufzunehmen, die jene Möglichkeit ausschließt. Die Utopier aber sind im Gegenteil der Meinung, man dürfe niemanden als Feind betrachten, der einem kein Unrecht getan hat. In ihren Augen ist die Gemeinschaft der Natur so gut wie ein Bündnis und bindet die Menschen durch gegenseitiges Wohlwollen stärker und fester aneinander als durch Verträge, durch die Gesinnung stärker und fester als durch Worte.

Das Kriegswesen

Den Krieg verabscheuen die Utopier als etwas ganz Bestialisches mehr als alles andere, und doch gibt sich mit ihm keine Art von Bestien so dauernd ab wie der Mensch. Der Anschauung fast aller Völker zuwider halten die Utopier nichts für so unrühmlich wie den Ruhm, den man im Kriege gewinnt. Mögen sie sich nun auch beständig an dafür festgesetzten Tagen in der Kriegskunst üben, und zwar nicht bloß die Männer, sondern auch die Frauen, um im Bedarfsfalle kriegstüchtig zu sein, so beginnen sie einen Krieg doch nicht ohne weiteres, sondern nur zum Schutze ihrer eigenen Grenzen oder zur Vertreibung der ins Land ihrer Freunde eingedrungenen Feinde oder aus Mitleid mit irgendeinem Volk, das unter dem Drucke der Tyrannei leidet, um es mit ihrer eigenen Macht vom Sklavenjoch des Tyrannen zu befreien, und das tun sie lediglich aus Menschenliebe. Ihren Freunden indessen leisten sie ihre Hilfe nicht immer nur zur Verteidigung, sondern bisweilen auch, damit diese ein Unrecht, das man ihnen zugefügt hat, vergelten und rächen können. Jedoch greifen die Utopier erst dann ein, wenn man sie noch vor Beginn der Feindseligkeiten um Rat fragt, wenn sie den Kriegsgrund billigen, wenn das, worum der Streit geht, zwar zurückgefordert, aber noch nicht zurückgegeben ist, und wenn auf ihre Veranlassung hin der Krieg begonnen wird. Dazu entschließen sie sich nicht nur dann, wenn ihren Freunden bei einem feindlichen Einfall Beute geraubt wird, sondern auch dann, und zwar mit noch weit größerer Erbitterung, wenn sich deren Kaufleute irgendwo in der Welt unter dem Scheine des Rechts eine Rechtsverdrehung gefallen lassen müssen indem man entweder unbillige Gesetze zum Vorwand nimmt oder gute verkehrt auslegt. Und so kam es auch zu dem Kriege, den die Utopier kurz vor unserer Zeit für die Nephelogeten gegen die Alaopoliten führten, aus keinem anderen Grunde, als weil den Kaufleuten der Nephelogeten im Lande der Alaopoliten unter dem Scheine des Rechts Unrecht getan worden war, wenigstens wie es den Utopiern schien. Mochte es sich nun in diesem Falle um Recht oder Unrecht handeln, jedenfalls kam es zu einem Rachekrieg, in dem sich zu den Streitkräften und dem Haß beider

Parteien auch noch die Leidenschaften und Hilfsmittel der Nachbarvölker gesellten und der dadurch so blutig wurde, daß die blühendsten Völker zum Teil stark erschüttert, zum Teil schwer heimgesucht wurden und immer ein Übel aus dem anderen entstand. Das Unglück endete schließlich mit der Versklavung und Unterwerfung der Alaopoliten, die so unter die Herrschaft der Nephelogeten kamen – die Utopier kämpften nämlich nicht für ihre eigenen Interessen –, die Nephelogeten aber waren in der Blütezeit der Alaopoliten keineswegs mit diesen zu vergleichen gewesen.

Mit solchem Nachdruck rächen die Utopier ein ihren Freunden zugefügtes Unrecht, auch wenn es sich dabei nur um Geld handelt; in ihren eigenen Angelegenheiten dagegen zeigen sie nicht den gleichen Eifer. Wenn sie nämlich einmal irgendwo betrogen werden und eine Einbuße an Geld und Gut dabei erleiden, so gehen sie in ihrem Zorn, vorausgesetzt, daß mit dem Verlust kein Schaden an Leib und Seele verbunden ist, nur so weit, daß sie bis zur Leistung von Genugtuung mit dem betreffenden Volke keinen Handel mehr treiben. Dabei liegen ihnen die Interessen ihrer Mitbürger nicht etwa weniger am Herzen als die ihrer Genossen; über deren Geldverlust aber sind sie trotzdem deshalb aufgebrachter, weil die Kaufleute ihrer Freunde unter der Einbuße schwer zu leiden haben, da diese etwas von ihrem Privatbesitz verlieren, ihren Mitbürgern dagegen nur etwas auf Rechnung des Staates verlorengeht, überdies nur von daheim reichlich vorhandenem und in gewissem Sinne überflüssigem Gut – sonst könnte man es ja nicht ins Ausland ausführen –, so daß der einzelne den Verlust gar nicht so empfindet. Deshalb ist es in den Augen der Utopier auch eine zu große Grausamkeit, durch den Tod vieler einen Schaden zu rächen, dessen nachteilige Folgen keiner von ihnen weder am Leben noch am Lebensbedarf deutlich zu spüren bekommt. Wird jedoch einer ihrer Landsleute irgendwo auf ungerechte Weise mißhandelt oder gar getötet, so lassen die Utopier den Tatbestand durch ihre Gesandten ermitteln, ganz gleich, ob der Anschlag vom Staat oder von einer Privatperson ausgegangen ist, und sind nur durch Auslieferung der Schuldigen von einer sofortigen Kriegserklärung abzuhalten. Die Ausgelieferten bestrafen sie für ihr Vergehen entweder mit dem Tode oder mit Sklavenarbeit.

Ein blutiger Sieg bereitet den Utopiern nicht nur Verdruß, sondern sie schämen sich sogar seiner, weil sie sich sagen, es sei eine Torheit, auch noch so kostbare Waren zu teuer zu kaufen. Haben sie aber durch Geschick und List den Sieg errungen und den Feind bezwungen, so prahlen sie laut damit, feiern aus diesem Anlaß von Staats wegen einen Triumph und errichten ein Siegesdenkmal, als hätten sie eine Heldentat vollbracht. Ihrer Mannhaftigkeit und Tapferkeit rühmen sie sich nämlich immer erst dann, wenn sie so gesiegt haben, wie es kein Lebewesen außer dem Menschen vermocht hätte, das heißt mit den Kräften des Geistes. Denn mit den Kräften des Körpers, so sagen sie, führen Bären, Löwen, Eber, Wölfe, Hunde und die übrigen wilden Tiere den Kampf; die meisten von ihnen sind uns zwar an Kraft und Wildheit überlegen, aber alle zusammen übertreffen wir an Geist und Vernunft.

Nur das eine haben die Utopier bei einem Kriege im Auge: das zu erreichen, was sie schon früher hätten erreichen müssen, um sich den Krieg zu ersparen; oder wenn das sachlich unmöglich ist, so nehmen sie an denen, die sie für schuldig halten, eine so grimmige Rache, daß der Schrecken Leute, die dasselbe wagen wollten, in Zukunft davon abhält. Das sind die Ziele, die sie sich für ihr Vorhaben stecken und die sie rasch zu erreichen suchen, aber so, daß sie mehr darauf bedacht sind, die Gefahr zu vermeiden, als Lob und Ruhm zu ernten. Deshalb lassen sie sogleich nach der Kriegserklärung heimlich und zu gleicher Zeit an den Punkten des feindlichen Landes, die am besten zu sehen sind, Proklamationen, die das Siegel ihres Staates tragen, in großer Zahl anschlagen. In ihnen versprechen sie dem, der den gegnerischen Fürsten umbringt, riesige Belohnungen; sodann setzen sie geringere, aber gleichwohl noch recht ansehnliche Preise auf die Köpfe einzelner Personen, die sie in denselben Anschlägen namentlich anführen. Das sind die Männer, die sie nächst dem Fürsten selber für die Urheber des Planes halten, den man gegen sie geschmiedet hat. Welchen Betrag sie aber auch für den Mörder aussetzen, sie zahlen ihn in doppelter Höhe dem, der ihnen einen von den

Geächteten lebend bringt, und ebenso suchen sie die Geächteten selbst durch die gleichen Belohnungen und außerdem durch die Zusicherung von Straflosigkeiten gegen ihre Genossen aufzuhetzen. So kommt es schnell dahin, daß jene auch die anderen Menschen mit Argwohn betrachten, sich einander selbst kein rechtes Vertrauen mehr schenken und auch keine rechte Treue mehr halten und daher in größter Furcht und nicht geringerer Gefahr leben. Denn, wie bekannt, ist es schon mehr als einmal vorgekommen, daß die Geächteten zu einem großen Teil und vor allem der Fürst selber von denen verraten wurden, auf die sie die größte Hoffnung setzten. So leicht verleiten Belohnungen zu jedem beliebigen Verbrechen. Für diese Prämien setzen die Utopier auch keine bestimmte Höhe fest. Indem sie vielmehr die Größe der Gefahr bedenken, zu der sie verleiten, bemühen sie sich, sie durch die Höhe der Belohnungen aufzuwiegen, und aus diesem Grunde stellen sie nicht nur eine unermeßliche Menge Gold in Aussicht, sondern auch recht ertragreiche Landgüter an ganz sicheren Orten in den Ländern ihrer Freunde, und zwar als dauernden Besitz, und halten ihr Versprechen mit gewissenhafter Treue. Dieser Brauch, den Feind gegen Gebot zu kaufen, den andere Völker als Beweis einer entarteten Gesinnung und als grausame Untat verwerfen, ist in den Augen der Utopier ein hohes Lob. Ja, sie dünken sich auch klug, weil sie auf diese Weise die größten Kriege ohne jeden Kampf völlig zu Ende bringen, und sogar human und mitleidsvoll, weil sie mit dem Tode einiger weniger Schuldiger das Leben zahlreicher Unschuldiger erkaufen, die sonst im Kampfe gefallen wären, teils aus den Reihen der Ihrigen, teils aus denen der Feinde, deren Menge und Masse sie fast ebenso bedauern wie ihre eigenen Landsleute; wissen sie doch recht wohl, daß jene einen Krieg nicht aus freien Stücken anfangen, sondern weil die blinde Leidenschaft ihrer Fürsten sie dazu treibt. Kommen sie auf diese Weise nicht weiter, so säen und nähren sie Zwietracht, indem sie dem Bruder des Fürsten oder sonst einem aus dem Adel Hoffnung auf den Thron machen. Wenn die Parteien im Inneren versagen, so wiegeln die Utopier die Nachbarvölker des Feindes auf und verwickeln sie in einen Krieg mit ihm, indem sie irgendeinen alten Vorwand hervorsuchen, woran es ja Königen niemals fehlt.

Haben sie diesen Völkern ihren Beistand im Kriege versprochen, so stellen sie ihnen reichlich Geld zur Verfügung, Hilfskräfte aus den Reihen ihrer Bürger jedoch nur ganz spärlich; denn diese sind ihnen so außerordentlich lieb und wert, und sie schätzen sich gegenseitig so hoch, daß sie einen ihrer Landsleute nur ungern gegen den feindlichen Fürsten austauschen würden. Gold und Silber dagegen, dessen gesamte Menge sie einzig und allein für diesen Zweck aufbewahren, geben sie von Herzen gern hin; sie könnten ja ebenso bequem leben, auch wenn sie es vollständig aufbrauchten. Denn außer dem Reichtum im Inland besitzen sie ja noch, wie früher erwähnt, bei den meisten Völkern des Auslands einen unermeßlichen Schatz von Guthaben. So werben sie denn überall Söldner an, vornehmlich aus dem Volk der Zapoleten, und lassen sie in den Krieg ziehen.

Diese wohnen 500 Meilen östlich von Utopien. Unkultiviert, roh und wild, wie sie sind, lassen sie deutlich merken, daß sie inmitten von Wäldern und rauhen Bergen aufgewachsen sind. Sie sind ein kräftiger Volksstamm, unempfindlich gegen Hitze, Kälte und Anstrengung, unbekannt mit allen Annehmlichkeiten des Lebens, nicht begeistert für den Ackerbau, nachlässig in Wohnung und Kleidung und nur für die Viehzucht interessiert. Zu einem großen Teile leben sie von Jagd und Raub. Einzig und allein zum Krieg geboren, suchen die Zapoleten eifrig nach einer Gelegenheit zur Teilnahme an einem solchen, und finden sie eine, so ergreifen sie sie mit Leidenschaft, ziehen in großer Zahl außer Landes und bieten sich für wenig Geld dem ersten besten an, der Soldaten sucht. Dies Handwerk, den Tod zu suchen, ist das einzige ihres Lebens, das sie verstehen. Für ihren Dienstherrn schlagen sie sich mit Hingebung und unbestechlicher Treue. Doch verpflichten sie sich nicht bis zu einem bestimmten Termin, sondern wenn sie Partei ergreifen, so tun sie das nur unter der Bedingung, daß sie am nächsten Tage auf seiten des Feindes stehen dürfen, falls dieser ihnen höheren Sold bietet; ebenso kehren sie dann am übernächsten Tage, durch eine Kleinigkeit Geld mehr verlockt, wieder zurück. Nur selten kommt es zu einem Kriege, in dem sie nicht zu einem großen Teile auf beiden Seiten kämpfen. So werden täglich

Blutsverwandte, bisher Söldner der gleichen Partei und einander die besten Kameraden, bald darauf auseinandergerissen, geraten in feindliche Heere, treffen als Gegner aufeinander und metzeln sich gegenseitig nieder wie erbitterte Feinde, die ihre Abstammung vergessen haben und nicht mehr an ihre frühere Freundschaft denken. Dabei veranlaßt sie kein anderer Grund zur gegenseitigen Vernichtung, als daß zwei feindliche Fürsten sie für ein paar lumpige Geldstücke gemietet haben. Dieses Geld berechnen sie sich so genau, daß sie sich durch die Erhöhung des täglichen Soldes um nur einen Heller zu einem Wechsel der Partei verleiten lassen. So hat sich in ihren Herzen rasch die Habgier eingenistet, von der sie jedoch keinen Vorteil haben; was sie nämlich mit ihrem Blute gewinnen, verbrauchen sie alsbald wieder mit einer Verschwendung, die gleichwohl armselig ist.

Dieses Volk kämpft für die Utopier gegen alle Welt, weil niemand anderswo seine Dienstleistung so gut bezahlt wie diese. Wie sich nämlich die Utopier nach guten Menschen umsehen, um sie in ihrem Dienst nützlich zu verwenden, so werben sie auch diese Schurken an, um sie zu mißbrauchen. Nötigenfalls machen sie ihnen lockende Versprechungen und setzen sie an den gefährlichsten Punkten ein. Meist kommt dann ein großer Teil von ihnen niemals wieder zurück und kann die versprochenen Belohnungen gar nicht anfordern. Den Überlebenden aber zahlen die Utopier gewissenhaft aus, was sie versprochen haben, um sie zu ähnlichen Wagnissen anzuspornen. Sie fragen nämlich nicht danach, wie viele von ihnen durch ihre Schuld ums Leben kommen, weil sie sich, wie sie meinen, das größte Verdienst um die Menschheit erwerben würden, wenn sie den Erdkreis von jenem Abschaum eines so greulichen und ruchlosen Volkes gründlich säubern könnten.

Nächst den Zapoleten verwenden die Utopier auch die Streitkräfte desjenigen Volkes, für das sie zu den Waffen greifen, und die Hilfsscharen ihrer anderen Freunde; an letzter Stelle erst ziehen sie ihre Mitbürger heran. Aus deren Mitte nehmen sie einen Mann von erprobter Tapferkeit und stellen ihn an die Spitze des gesamten Heeres. Ihm ordnen sie zwei Mann unter in der Art, daß beide nur als Privatleute gelten, solange der

Oberbefehlshaber dienstfähig ist; wird er jedoch gefangengenommen oder fällt er, so tritt der eine von jenen beiden gleichsam sein Erbe an, und ihn ersetzt gegebenenfalls der andere, damit nicht in den bunten Wechselfällen der Kriege infolge einer Gefährdung des Führers das ganze Heer in Unordnung gerät. In jeder Stadt hebt man Freiwillige aus; man preßt nämlich niemanden wider seinen Willen zum Kriegsdienst außerhalb der Grenzen seiner Heimat, weil man der Überzeugung ist, daß einer, der von Natur etwas furchtsam ist, nicht nur selbst sich nicht tapfer zeigen, sondern auch seine Kameraden mit seiner Angst anstecken wird. Bricht aber der Feind ins Land ein, so steckt man die Feiglinge dieser Art im Falle körperlicher Tauglichkeit auf die Schiffe unter bessere Soldaten oder verteilt sie auf die einzelnen Festungen, von wo sie nicht ausreißen können. Sie müssen sich vor ihren Kameraden schämen, haben den Feind unmittelbar vor sich und sehen keine Möglichkeit zur Flucht: so vergessen sie ihre Furcht und werden oft durch höchste Not zu mutigen Männern. So wenig aber einerseits ein Utopier wider seinen Willen zu einem auswärtigen Kriege fortgeschleppt wird, so wenig hindert man anderseits die Frauen, mit ihren Männern ins Feld zu ziehen; ja, man fordert sie dazu noch auf und spornt sie dazu an, indem man sie lobt. Die Frauen, die mitausrücken, stellt man an der Front mit ihren Männern in eine Reihe; außerdem hat ein jeder Kämpfer seine Kinder, Verwandten und Angehörigen um sich, damit sich diejenigen einander aus nächster Nähe beistehen können, die die Natur am stärksten zu gegenseitiger Hilfe anspornt. Die höchste Schmach ist es für einen Gatten, ohne den anderen heimzukommen, oder für einen Sohn, seinen Vater zu überleben. Infolgedessen kämpft man, wenn es zum Handgemenge kommt und die Feinde standhalten, in einem langen und unheilvollen Ringen bis zur Vernichtung. Zwar suchen die Utopier mit allen Mitteln zu verhüten, in eigener Person kämpfen zu müssen, wofern sie nur den Krieg mit Hilfe einer Schar gemieteter Stellvertreter zu Ende bringen können; wenn es sich jedoch nicht vermeiden läßt, daß sie selber mitkämpfen, so nehmen sie den Kampf ebenso unerschrocken auf, wie sie sich vorher klug zurückgehalten haben, solange es möglich war. Und beim ersten Angriff gehen sie nicht mit wildem Ungestüm vor; vielmehr wächst ihre Stärke langsam und allmählich und je länger der Kampf dauert. Dabei sind sie so unbeugsamen Sinnes, daß sie sich eher niedermetzeln als in die Flucht schlagen lassen; denn das beruhigende Bewußtsein, daß ein jeder daheim zu leben hat, sowie die Befreiung von der quälenden Sorge um das Los ihrer Nachkommen – eine Besorgnis, die sonst überall einen tapferen Sinn lähmt, – machen die Kämpfer hochgemut, so daß sie den Gedanken, sich besiegen zu lassen, als unwürdig von sich weisen. Außerdem flößt ihnen ihre militärische Erfahrung Zuversicht ein, und schließlich spornt sie die gute Erziehung, die sie in der Schule und durch die trefflichen Einrichtungen ihres Staates von Kind auf genossen haben, noch mehr zur Tapferkeit an. Infolgedessen ist in ihren Augen das Leben weder so wertlos, daß sie es blindlings vergeuden, noch so übertrieben wertvoll, daß sie damit geizen und sich in schimpflicher Weise daran klammern, wenn die Ehre dazu rät, es hinzugeben. Wenn der Kampf allerorten am wildesten tobt, nehmen sich die auserlesensten Jünglinge, die sich dazu verschworen und geweiht haben, den feindlichen Führer zum Gegner; auf ihn dringen sie offen ein, ihn greifen sie aus dem Hinterhalt an, und aus der Ferne wie aus der Nähe gehen sie auf ihn los, und in einem langen und lückenlosen Keil – denn die wegen Ermüdung ausfallenden Kämpfer werden beständig durch frische ersetzt – stürmen sie gegen ihn an. Nur selten kommt es vor, daß er nicht niedergestochen wird oder daß er nicht lebendig in die Gewalt seiner Feinde gerät, es sei denn, daß er sich durch die Flucht rettet.

Ist der Sieg auf seiten der Utopier, so metzeln sie nicht wild darauf los; statt die Geschlagenen umzubringen, nehmen sie sie lieber gefangen. Auch verfolgen sie die Fliehenden niemals so blindlings, daß sie bei alledem nicht wenigstens noch eine geordnete und kampfbereite Schar zurückbehielten. Wenn daher ihre übrigen Verbände geschlagen sind und sie erst mit dem letzten den Sieg errungen haben, so lassen sie die Feinde lieber ganz und gar entfliehen, als daß sie sich dazu entschließen, die Fliehenden mit ungeordneten Verbänden ihrer Truppen zu verfolgen. Sie vergessen nämlich nicht, was ihnen selbst mehr als einmal widerfahren ist. Die Masse ihres gesamten Heeres war völlig besiegt; die Feinde jubelten über ihren Sieg und zerstreuten sich hier und da auf der Verfolgung. Die Utopier dagegen hatten einige wenige ihrer Leute im Hinterhalt aufgestellt, die auf günstige Gelegenheiten lauerten. Sie griffen die Feinde, die vereinzelt umherschwärmten und es in voreiliger Sorglosigkeit an der nötigen Vorsicht fehlen ließen, plötzlich an und veränderten das Ergebnis der ganzen Schlacht. Sie wanden den Feinden den Sieg, der ihnen schon sicher war und an dem sie nicht mehr gezweifelt hatten, aus den Händen und besiegten als Besiegte wiederum die Sieger.

Es ist schwer zu sagen, ob die Utopier einen Hinterhalt mit größerer Schlauheit zu legen oder mit größerer Vorsicht zu vermeiden wissen. Man könnte meinen, sie träfen Vorbereitungen zur Flucht, wenn sie alles andere eher im Sinne haben, und umgekehrt, wenn sie die Absicht haben zu fliehen, könnte man meinen, sie dächten an nichts weniger. Fühlen sie sich nämlich hinsichtlich ihrer Zahl oder Stellung zu sehr im Nachteil, so ziehen sie bei Nacht in aller Stille ab oder täuschen den Feind durch irgendeine Kriegslist, oder sie gehen bei Tage so allmählich und in so guter Ordnung zurück, daß es ebenso gefährlich ist, sie während des Abrückens anzugreifen wie während des Anstürmens. Ihr Lager befestigen sie überaus sorgfältig mit einem sehr tiefen und breiten Graben, wobei sie die ausgehobene Erde nach innen werfen. Dazu verwenden sie keine Tagelöhner, sondern die Soldaten selbst besorgen die Arbeit, und das gesamte Heer hilft dabei mit, ausgenommen die Posten, die bewaffnet vor dem Wall Wache halten, um plötzliche Überfälle abzuwehren. Und so legen die Utopier bei so zahlreicher Mitarbeit starke und weitausgedehnte Befestigungen wider alles Erwarten in kurzer Zeit an.

Die Waffen, die die Utopier verwenden, sind stark genug zur Abwehr von Angriffen, ohne jedoch jede Art von Bewegung oder Haltung zu hindern; ja nicht einmal beim Schwimmen empfindet man sie als lästig. Denn in voller Ausrüstung schwimmen zu lernen, gehört zu den Anfangsgründen der militärischen Ausbildung der Utopier. Im Kampf aus der Ferne benutzen sie Pfeile, die sie mit großer Kraft und zugleich mit bester Treffsicherheit abschießen, und zwar nicht bloß zu Fuß, sondern sogar vom Pferde aus. Im Nahkampf aber führen sie keine Schwerter, sondern Äxte, die durch ihre Schärfe oder Schwere tödlich verwunden, je nachdem man sie zum Hieb oder Stich verwendet. In der Erfindung von Kriegsmaschinen beweisen die Utopier ganz besonderen Scharfsinn; die fertigen Maschinen halten sie mit größter Sorgfalt geheim, damit sie nicht bekannt werden, ehe man sie braucht, und nicht mehr Spott und Hohn erregen als Nutzen stiften. Bei ihrer Herstellung achtet man besonders darauf, daß sie leicht zu fahren und bequem zu lenken sind. Einen Waffenstillstand, den die Utopier mit dem Feind abschließen, halten sie so gewissenhaft, daß sie ihn nicht einmal dann verletzen, wenn sie gereizt werden. Im Feindesland richten sie keine Verwüstungen an; auch brennen sie die Saaten nicht nieder. Ja, sie sorgen sogar dafür, daß nach Möglichkeit weder Menschen noch Pferde die Saaten zertreten, weil sie der Ansicht sind, daß sie zu ihrem eigenen Vorteil wachsen. Einem Wehrlosen tun sie nichts zuleide, wenn er nicht gerade ein Spion ist. Städte, die sich ihnen ergeben, schonen sie; aber auch solche, die sie erst erobern müssen, plündern sie nicht; wohl aber lassen sie diejenigen Bürger, die die Übergabe zu verhindern gesucht haben, erwürgen, während sie die anderen Verteidiger zu Sklaven machen. Der gesamten Bevölkerung, die nicht mitgekämpft hat, wird kein Haar gekrümmt. Wenn die Utopier erfahren, daß einige Bürger zur Übergabe geraten haben, so machen sie ihnen einen Teil von dem Hab und Gut der Verurteilten zum Geschenk; den Rest geben sie ihren Hilfstruppen: denn von ihnen selbst begehrt niemand einen Anteil an der Beute. Nach Beendigung des Krieges aber legen sie die Kosten nicht ihren Freunden auf, für die sie sie aufgewendet haben, sondern den Besiegten und fordern auf Grund dessen zum Teil bares Geld, das sie dann für ähnliche Kriegszwecke aufsparen, zum Teil Grund und Boden, der ihnen im Lande der Besiegten dauernd gehört und einen nicht geringen Ertrag bringt.

Derartige Einkünfte haben die Utopier jetzt bei vielen Völkern; sie sind aus verschiedenen Ursachen im Laufe der Zeit entstanden und bis auf mehr als 700 000 Dukaten im Jahr angewachsen. Zu ihrer Erhebung entsenden sie einige von ihren Mitbürgern als sogenannte Quästoren, die in dem fremden Lande prächtig leben und in der Art großer Herren auftreten. Aber trotzdem bleibt noch viel Geld übrig, das in die Staatskasse fließt, soweit es die Quästoren nicht lieber dem betreffenden Volke leihen wollen, was sie häufig so lange tun, bis sie es notwendig brauchen. Und kaum jemals kommt es vor, daß sie den ganzen Betrag zurückverlangen. Von dem erwähnten Grund und Boden übereignen die Utopier einen Teil denjenigen, die sich auf ihre Veranlassung einer so großen Gefahr aussetzten, wie ich sie weiter oben geschildert habe.

Greift irgendein Fürst zu den Waffen gegen die Utopier und schickt er sich an, in ihr Gebiet einzufallen, so treten sie ihm sogleich mit starken Kräften außerhalb ihres Landes entgegen; denn weder führen sie ohne Not im eigenen Lande Krieg, noch ist irgendeine Not jemals so schlimm, daß sie die Utopier zwingen könnte, fremde Hilfstruppen auf ihre Insel zu lassen.

Die Religion der Utopier

Die religiösen Vorstellungen sind nicht nur in den einzelnen Teilen der Insel, sondern auch in den einzelnen Städten verschieden, indem die einen die Sonne, die andern den Mond und wieder andere diesen oder jenen Planeten als Gottheit anbeten. Einige verehren auch einen beliebigen Menschen, der vor alters durch Tugend oder Ruhm geglänzt hat, nicht bloß als Gott, sondern sogar als höchsten Gott. Aber der weit größte und zugleich weitaus klügere Teil glaubt an nichts von alledem, sondern nur an ein einziges, unerkanntes, ewiges, unendliches und unerforschliches göttliches Wesen, das über menschliches Begriffsvermögen erhaben ist und dieses ganze Weltall erfüllt, und zwar als tätige Kraft, nicht als körperliche Masse; man nennt es Vater. Ihm schreibt man Ursprung, Wachstum, Fortschritt, Wandel und Ende aller Dinge zu, und ihm allein erweist man göttliche Ehren. Mit den Anhängern dieser Lehre stimmen auch alle anderen trotz aller Glaubensunterschiede in diesem einen Punkte überein, daß sie an *ein* höchstes Wesen glauben, dem die Erschaffung der Welt und die Vorsehung zu verdanken ist, und dieses göttliche Wesen nennen sie alle ohne Unterschied in ihrer heimischen Sprache Mythras. Aber insofern sind sie verschiedener Ansicht, daß die einzelnen ihn verschieden auffassen. Dabei glaubt aber jeder, was es auch sein möge, das er persönlich für das Höchste hält, es sei doch durchaus dasselbe Wesen, dessen göttliche Macht und Majestät allein nach der übereinstimmenden Überzeugung aller Völker der Inbegriff aller Dinge ist. Indessen machen sie sich alle im Laufe der Zeit von der Mannigfaltigkeit abergläubischer Vorstellungen frei und lassen ihre Anschauungen zu jener einen Religion verschmelzen, die, wie es scheint, vernünftiger ist als die anderen. Und ohne Zweifel wären die übrigen religiösen Vorstellungen schon längst nicht mehr vorhanden, wenn nicht alles Ungemach, das jemandem bei dem Vorhaben, seine Religion zu wechseln, zufällig widerfährt, von ihm aus Furcht als eine Schickung des Himmels aufgefaßt würde, gleich als ob die Gottheit, deren Verehrung aufgegeben werden sollte, den gottlosen und gegen sie gerichteten Plan ahnden wolle. Nachdem die Utopier jedoch durch uns von Christi Namen, Lehre, Art und Wundern gehört hatten und ebenso von der staunenerregenden Standhaftigkeit der zahlreichen Märtyrer, deren freiwillig vergossenes Blut so zahlreiche Völker weit und breit zu Christus bekehrt hat, da nahmen auch sie mit einem kaum glaublichen Verlangen seine Lehre an, sei es nun, weil es Gott ihnen mehr im geheimen eingab, oder sei es, weil das Christentum, wie es schien, der bei ihnen selbst am weitesten verbreiteten Lehre am nächsten kam. Gleichwohl möchte ich auch dem Umstand nicht wenig Gewicht beimessen, daß sie gehört hatten, Christus habe an der gemeinschaftlichen Lebensweise seiner Jünger Gefallen gefunden und sie sei bei den Zusammenkünften der echten Christen noch heutigestags üblich. Von welcher Bedeutung das nun auch gewesen sein mag, jedenfalls traten nicht wenige zu unserem Glauben über und ließen sich mit dem geweihten Wasser taufen. Leider war unter uns vieren – nur so viele waren wir noch, da zwei gestorben waren – kein Priester. Infolgedessen müssen die Utopier, wenn sie auch im übrigen eingeweiht sind, dennoch bis heute auf den Genuß der Sakramente verzichten, da diese bei uns nur die Priester spenden dürfen. Doch sind sie sich über deren Wert und Bedeutung klar und haben keinen sehnlicheren Wunsch;

ja, sie erörtern bereits lebhaft die Frage, ob nicht auch ohne Auftrag des Papstes der Christenheit einer aus ihren Reihen gewählt und zum Priester ernannt werden kann. Und es schien so, als hätten sie die Absicht, einen zu wählen, aber bei meiner Abreise war das noch nicht geschehen.

Auch die, die vom Christentum nichts wissen wollen, machen trotzdem niemanden abspenstig und lassen jeden, der dazu übertritt, unbehelligt. Nur einer aus unserer Gemeinschaft wurde während meiner Anwesenheit verhaftet. Als Neugetaufter redete er, obgleich wir ihm davon abrieten, öffentlich über die Verehrung Christi mit mehr Eifer als Klugheit. Dabei geriet er allmählich so in Hitze, daß er sich bald nicht mehr damit begnügte, das, was nur uns heilig ist, über alles andere zu stellen. Er verurteilte vielmehr ohne weiteres alle anderen Lehren, nannte sie unheilig und bezeichnete ihre Anhänger als ruchlose Gotteslästerer, die es verdienten, in die Hölle zu kommen. Wenn einer lange öffentlich so redet, nehmen ihn die Utopier fest und stellen ihn vor Gericht, aber nicht wegen Religionsverletzung, sondern wegen Volksverhetzung, und, wenn er für schuldig befunden wird, bestrafen sie ihn mit Verbannung; denn unter ihre ältesten Bestimmungen rechnen sie die, daß niemand von seiner Religion Schaden haben darf. Utopus hatte nämlich gleich anfangs erfahren, daß die Eingeborenen vor seiner Ankunft beständig Religionskämpfe miteinander geführt hatten; er hatte auch beobachtet, daß bei der allgemeinen Uneinigkeit die Sekten einzeln für das Vaterland kämpften und daß ihm dieser Umstand Gelegenheit bot, sie insgesamt zu besiegen. Als er dann den Sieg errungen hatte, setzte er Religionsfreiheit für jedermann fest und bestimmte außerdem, wenn jemand auch andere zu seinem Glauben bekehren wolle, so dürfe er es nur in der Weise betreiben, daß er seine Ansicht ruhig und bescheiden auf Vernunftgründen aufbaue, die anderen aber nicht mit bitteren Worten zerpflücke. Gelinge es ihm nicht, durch Zureden zu überzeugen, so solle er keinerlei Gewalt anwenden und sich nicht zu Schimpfworten hinreißen lassen. Geht aber jemand in dieser Sache zu ungestüm vor, so bestrafen ihn die Utopier mit Verbannung oder Sklavendienst. Diese Bestimmung traf Utopus nicht bloß im Interesse des Friedens, den, wie er sah, beständiger Kampf und unversöhnlicher Haß von Grund aus zerstörten, sondern weil er der Ansicht war, damit sei auch der Religion gedient. Er wagte es auch nicht, über die Religion so ohne weiteres eine Entscheidung zu treffen, gleichsam in Ungewißheit darüber, ob Gott nicht doch einen mannigfaltigen und vielseitigen Kult haben wolle und deshalb die einzelnen auf verschiedene Weise inspiriere. Jedenfalls hielt er es für eine Anmaßung und Torheit, wenn jemand mit Gewalt und Drohungen verlangte, daß alle seine persönliche Ansicht über die Wahrheit teilten. Sollte aber wirklich nur einer Religion die meiste Wahrheit zukommen und sollten alle anderen wertlos sein, so würde sich dann schließlich einmal, das sah Utopus sicher voraus, die Macht der Wahrheit schon von selbst Bahn brechen und sich deutlich offenbaren, wenn man ihre Sache nur mit Vernunft und Mäßigung betreibe. Kämpfe man aber mit Waffen und Aufruhr um die Religion, so werde die beste und erhabenste zwischen den nichtigsten Wahnvorstellungen der Streitenden erstickt werden wie die Saaten zwischen Dornen und Gestrüpp, da gerade die schlechtesten Menschen am hartnäckigsten seien. Daher ließ Utopus diese ganze Frage unentschieden und stellte es einem jeden anheim, was er glauben wollte. Nur sollte niemand, das gebot er feierlich und streng, die Würde der menschlichen Natur so weit vergessen, daß er annehme, die Seele gehe zugleich mit dem Körper zugrunde oder im Laufe der Welt walte der blinde Zufall und nicht die göttliche Vorsehung. Und deshalb erwarten den Menschen, wie die Utopier glauben, nach diesem Leben Strafen für seine Missetaten und Belohnungen für seine Tugenden. Wer das Gegenteil annimmt, ist in ihren Augen nicht einmal ein Mensch, weil er die menschliche Seele in ihrer Erhabenheit in den niedrigen Zustand tierischer Körperlichkeit herunterdrückt; weit weniger noch rechnen sie ihn zu ihren Mitbürgern. Denn um all ihre Einrichtungen und Sitten würde er sich nicht im geringsten kümmern, wenn ihn nicht die Furcht davon abhielte. Wer sollte nämlich daran zweifeln, daß ein solcher Mensch danach trachten würde, die Staatsgesetze seines Landes entweder im geheimen mit List zu umgehen oder mit Gewalt zu verletzen, sofern er dadurch seine persönlichen Wünsche befriedigen kann, da er ja über die Gesetze hinaus nichts mehr fürchtet und über den Tod hinaus nichts mehr erhofft? Deshalb erweist man einem, der so gesinnt ist, keine Ehre und überträgt ihm auch kein öffentliches Amt. So wird er allenthalben als ein unbrauchbarer Mensch von niedrigem Charakter verachtet. Aber eine wirkliche Strafe erleidet er nicht, weil es die Überzeugung der Utopier ist, daß es nicht im Belieben des Menschen steht zu glauben, was er will. Sie zwingen ihn auch weder mit irgendwelchen Drohungen, seine wahre Gesinnung zu verheimlichen, noch lassen sie Heuchelei und Lügen zu, die in ihren Augen an Betrug grenzen und ihnen deshalb überaus verhaßt sind. Wohl aber verbieten sie ihm, seine Meinung zu verteidigen, jedoch nur vor der großen Masse. Sonst nämlich, in einem geschlossenen Kreise von Priestern und ernsten Männern, lassen sie es nicht bloß zu, sondern fordern auch noch dazu auf, weil sie zuversichtlich damit rechnen, sein Wahnsinn werde doch noch endlich einmal der Vernunft weichen.

Andere, und zwar gar nicht wenige, begehen den gerade entgegengesetzten Fehler – man macht ihnen keine Schwierigkeiten, da ihre Ansicht nicht ganz unbegründet ist und sie selbst nicht bösartig sind – und meinen, auch die Tierseelen seien unsterblich, jedoch nicht vergleichbar an Würde mit unseren Menschenseelen und auch nicht zu gleicher Glückseligkeit geschaffen. Die Utopier sind nämlich fast alle fest davon überzeugt, daß den Menschen eine unbegrenzte Glückseligkeit bevorsteht. Infolgedessen wehklagen sie stets, wenn jemand krank ist, niemals aber, wenn jemand stirbt; sie müßten denn gerade sehen, wie sich der Sterbende nur mit Angst und Widerwillen vom Leben losreißt. Das halten sie nämlich für ein ganz schlimmes Vorzeichen, gleich als ob die Seele ohne Hoffnung und mit schlechtem Gewissen in irgendeiner dunklen Ahnung drohender Strafe vor dem Ende zurückschaudere. Außerdem wird sich nach ihrer Meinung Gott nicht über die Ankunft eines Menschen freuen, der auf seinen Ruf nicht bereitwillig herbeieilt, sondern sich nur ungern und widerstrebend hinschleppen läßt. Vor einem solchen Sterben entsetzen sich denn auch die, die es mit ansehen, und wer so stirbt, wird in Trauer und aller Stille aus der Stadt getragen; dann betet man zu dem den Seelen der Verstorbenen gnädigen Gott, er möge dem Heimgegangenen seine Sünden aus Gnaden vergeben, und setzt die Leiche bei. Wer dagegen freudig und voll Zuversicht stirbt, wird von niemandem betrauert, sondern unter Gesang gibt man ihm das letzte Geleit und empfiehlt seine Seele liebevoll dem großen Gott. Schließlich verbrennt man den Leichnam mehr in Ehrfurcht als in Trauer und errichtet an Ort und Stelle eine Denksäule, in die die Ehrentitel des Toten eingemeißelt sind. Nach der Rückkehr von der Beisetzung unterhält man sich über Lebenswandel und Taten des Heimgegangenen, und kein Abschnitt seines Lebens wird dabei häufiger oder lieber besprochen als sein seliges Ende.

Dieses ehrende Gedenken rechtschaffener Menschen ist in den Augen der Utopier für die Lebenden ein überaus wirksamer Anreiz zur Tugend und zugleich für die Verstorbenen eine höchst willkommene Verehrung. Sie denken sich nämlich, daß die Heimgegangenen bei den Gesprächen über sie zugegen sind, wenn auch unsichtbar für das schwache Auge der Sterblichen. Einerseits nämlich würde es gar nicht mit ihrer Glückseligkeit vereinbar sein, wenn sie in ihrer Bewegungsfreiheit beschränkt wären, und anderseits wäre es undankbar von ihnen, wenn sie überhaupt keine Sehnsucht mehr empfänden, ihre Lieben wiederzusehen, mit denen sie bei Lebzeiten durch gegenseitige Liebe und Hochschätzung verbunden waren, Neigungen, die bei guten Menschen, so vermutet man, wie die übrigen trefflichen Eigenschaften nach dem Tode eher noch zu- als abnehmen. Die Utopier glauben demnach, daß die Toten unter den Lebenden weilen als Ohren- und Augenzeugen ihrer Worte und Taten, und infolgedessen gehen sie mit größerer Zuversicht an ihre Geschäfte, gleichsam im Vertrauen auf solchen Schutz; auch lassen sie sich durch den Glauben an die Anwesenheit ihrer Vorfahren von geheimer Schandtat abschrecken.

Auf Weissagungen und die sonstigen Prophezeiungen eines hohlen Aberglaubens, die andere Völker gewissenhaft beachten, legen die Utopier gar keinen Wert, ja sie machen sich sogar darüber lustig. Wunder dagegen, soweit sie ohne jede natürliche Veranlassung geschehen, verehren sie als Taten und Zeugnisse der anwesenden Gottheit. Solche Wunder kommen in Utopien, wie es heißt, häufig vor, und in wichtigen und zweifelhaften Fragen flehen sie bisweilen darum mit großer Zuversicht und unter Veranstaltung eines großen Betfestes und erwirken auch ein Wunder.

Für eine Gott wohlgefällige Verehrung halten die Utopier die Betrachtung der Natur sowie das Lob, das man Gott als ihrem Schöpfer spendet. Doch gibt es auch Leute, und zwar keineswegs wenige, die unter Berufung auf ihren Glauben von den Wissenschaften nichts wissen wollen, sich um keinerlei Erkenntnis der Natur bemühen und Muße überhaupt nicht kennen: nur durch Betätigung und gute Dienste, die man den Mitmenschen erweist, erwirbt man sich nach ihrer Meinung Anspruch auf die Glückseligkeit nach dem Tode. Daher widmen sich die einen der Krankenpflege, die anderen bessern Wege aus, reinigen Gräben, bringen Brücken in Ordnung, stechen Rasen aus, schaufeln Sand und graben Steine aus, fällen und zersägen Bäume, fahren auf Zweigespannen Holz, Feldfrüchte und andere Dinge in die Städte und benehmen sich nicht nur in der Tätigkeit für die Allgemeinheit, sondern auch in der für Privatleute wie Diener und sind noch arbeitsamer als Sklaven. Denn jede mühsame, schwierige und schmutzige Arbeit, die es irgendwo gibt und von der Anstrengung, Widerwille und Verzweiflung die meisten zurückschrecken, nehmen sie willig und fröhlich ganz auf sich. Den anderen verschaffen sie Muße, sie selber aber arbeiten und plagen sich ohne Unterlaß, ohne jedoch Dank dafür zu beanspruchen; auch tadeln sie die Lebensweise anderer nicht, um ihre eigene dafür zu rühmen. Je mehr sich die Leute als Sklaven zeigen, desto größere Ehre erweist ihnen jedermann. Unter ihnen gibt es nun zwei Sekten. Die eine ist die der Ledigen. Diese enthalten sich völlig des Geschlechtsverkehrs; auch essen sie kein Fleisch, einige sogar, ohne mit irgendeinem Tier eine Ausnahme zu machen. Alle Freuden dieses Lebens verwerfen sie als schädlich, und in der Hoffnung auf einen baldigen Tod trachten sie leidenschaftlich danach, durch Nachtwachen und mühselige Arbeit nur die Freuden des künftigen Lebens zu erlangen. Die Anhänger der anderen Sekte sind nicht weniger auf Arbeit erpicht, ziehen es aber dabei vor, zu heiraten; denn sie verschmähen die Kräfte nicht, die von der Ehe ausgehen, und glauben der

Natur ihren Zoll entrichten zu müssen und dem Vaterlande Kinder schuldig zu sein. Jedes Vergnügen, das sie in keiner Beziehung von der Arbeit abhält, ist ihnen willkommen. Das Fleisch vierfüßiger Tiere schätzen sie schon aus dem Grunde, weil sie von einer solchen Nahrung eine bessere Kräftigung zu jeder Arbeit erwarten. Die Anhänger dieser Sekte sind in den Augen der Utopier klüger, die der anderen dagegen frömmer. Die letzteren würde man auslachen, wenn sie sich bei der Bevorzugung der Ehelosigkeit und eines beschwerlichen Lebens auf Gründe der Vernunft stützen wollten; so aber betrachtet man sie wegen ihrer religiösen Beweggründe mit Ehrfurcht und Hochachtung. Vor nichts scheuen sie sich nämlich ängstlicher als vor irgendeiner unbedachten Äußerung über die Religion. Derart also sind die Leute, die die Utopier mit einem besonderen Namen in ihrer Landessprache als „Buthresken" bezeichnen, was etwa unserem Worte „Mönche" entspricht.

Die Priester der Utopier sind außerordentlich fromm und deshalb sehr gering an Zahl. Es gibt nämlich in jeder Stadt nicht mehr als dreizehn, entsprechend der Zahl der Gotteshäuser, außer in Kriegszeiten. Dann aber ziehen sieben von ihnen mit dem Heere ins Feld und werden in der Zwischenzeit durch eine gleiche Anzahl ersetzt. Kommen dann die anderen zurück, so nimmt jeder von ihnen wieder seine alte Stelle ein. Die Überzähligen treten der Reihe nach an die Stelle der mit Tod Abgehenden; bis dahin sind sie Gehilfen des Oberpriesters, und einer wird an ihre Spitze gestellt. Die Priester werden vom Volke gewählt, und zwar wie die übrigen Beamten in geheimer Abstimmung, wodurch man Begünstigungen vermeiden will; die Weihe der Gewählten vollzieht dann ihr eigenes Kollegium. Die Priester leiten den Gottesdienst, besorgen die Angelegenheiten des Kultus und sind eine Art Sittenrichter, und es gilt als eine große Schande, wenn jemand von ihnen wegen seines schlechten Lebenswandels vorgeladen und zur Rede gestellt wird. Wenn auch die Priester das Recht haben zu ermahnen und zu warnen, so steht doch die Befugnis zu einer Maßregelung und Bestrafung von Übeltätern nur dem Bürgermeister und den übrigen Amtspersonen zu, nur daß die Priester ihrerseits diejenigen, die sie als schlimme Sünder kennenlernen, vom

Gottesdienst ausschließen. Und es gibt kaum eine Strafe, die man mehr fürchtet; denn sie macht völlig ehrlos und erweckt eine geheime religiöse Furcht, die den Sinn zerrüttet, da die so Bestraften auch nicht hinsichtlich ihres Körpers lange ohne Sorge sein können. Wenn sie nämlich die Priester nicht schnell von ihrer Reue überzeugen, werden sie festgenommen und vom Senat wegen Gottlosigkeit bestraft.

Der Unterricht der Kinder und Jugendlichen liegt in den Händen der Priester, und diese lassen sich mehr die Erziehung zu Sitte und Tugend als die wissenschaftliche Ausbildung angelegen sein. Sie verwenden nämlich den größten Fleiß darauf, den noch zarten und empfänglichen Kinderherzen von Anfang an gesunde und der Erhaltung ihres Staates dienliche Anschauungen einzupflanzen. Wenn diese erst einmal im Kinde festsitzen, begleiten sie den Erwachsenen durchs ganze Leben und sind von großem Nutzen für die Erhaltung des Staates; denn was einen Staat zerfallen läßt, sind einzig und allein die Laster, die ihrerseits wieder aus verkehrten Anschauungen entstehen.

Die Priester sind mit den erlesensten Frauen ihres Volkes verheiratet, soweit sie nicht selbst Frauen sind; denn auch die Frauen sind vom Priestertum nicht ausgeschlossen; aber eine Frau wird seltener gewählt und auch dann nur, wenn sie verwitwet und betagt ist. Keine Behörde genießt nämlich bei den Utopiern größere Ehre, und zwar in dem Ausmaße, daß ein Priester, der sich etwas hat zuschulden kommen lassen, keinem öffentlichen Gericht untersteht: Gott allein und sich selbst ist er überlassen. Die Utopier halten es nämlich für Sünde, den mit Menschenhand zu berühren, und wäre er auch ein noch so schlimmer Verbrecher, der Gott auf eine so einzigartige Weise gleichsam als Opfer geweiht ist. Diesen Brauch können sie leichter einhalten, weil ihre Priester so gering an Zahl sind und mit so großer Sorgfalt ausgewählt werden. Kommt es doch nur selten vor, daß ein Mann, der, aus der Zahl der Guten als Bester ausgesucht, allein wegen seiner Tüchtigkeit zu so hoher Würde erhoben wird, zu Verderbtheit und Lasterhaftigkeit entartet. Sollte es aber bei der Unbeständigkeit der menschlichen Natur immerhin einmal vorkommen, so braucht man davon für die Allgemeinheit durchaus keinen Schaden von großer Bedeutung zu befürchten, da die Zahl der Priester nur gering ist und sie außer ihrem Ansehen keinerlei Macht besitzen. Die Utopier beschränken aber die Zahl ihrer Priester deshalb so stark, weil das Ansehen des Standes, dem sie jetzt so große Verehrung erweisen, nicht dadurch an Bedeutung verlieren soll, daß sie seine Ehre vielen zuteil werden lassen, zumal da sie es für schwierig halten, viele Leute zu finden, die tugendhaft genug zur Bekleidung eines Amtes sind, für dessen Würde eine nur mittelmäßige Tugendhaftigkeit nicht ausreicht.

Die Wertschätzung der Priester ist bei den auswärtigen Völkern nicht geringer als bei ihren Landsleuten. Das geht deutlich aus einem Brauche hervor, den ich auch für den Ursprung dieser Wertschätzung halte. Während nämlich die Truppen in der Schlacht um die Entscheidung kämpfen, halten sich die Priester abseits, aber nicht weit entfernt, und liegen in ihren geweihten Gewändern auf den Knien. Die Hände zum Himmel erhoben, beten sie zu allererst um Frieden, sodann um Sieg für ihr Volk, aber um einen Sieg, der für beide Teile nicht blutig ist. Im Falle des Sieges ihres Volkes eilen sie in den Kampf und gebieten dem Wüten gegen die Geschlagenen Einhalt. Wer sie nur sieht und anruft, wenn sie da sind, sichert sich sein Leben; wer ihre wallenden Gewänder berührt, schützt auch, was ihm sonst noch gehört, vor jeder kriegerischen Gewalttat. Infolgedessen genießen die Priester bei allen Völkern ringsum eine so große Verehrung und so viel wirklich majestätisches Ansehen, daß die Schonung, die sie vom Feinde für ihre Mitbürger erwirkten, oft nicht geringer war als die, die sie bei diesen für den Feind erreicht hatten. So viel steht jedenfalls fest: schon manchmal, wenn die Front ihrer Landsleute ins Wanken geraten war, wenn diese in ihrer verzweifelten Lage zu fliehen begannen und der Feind zu Gemetzel und Plünderung heranstürmte, traten die Priester dazwischen, unterbrachen das Blutvergießen, trennten die Truppen voneinander, brachten unter gerechten Bedingungen einen Frieden zustande und schlossen ihn ab. Denn noch niemals ist ein Volk so wild, so grausam und so barbarisch gewesen, daß es ihre Person nicht für heilig und unverletzlich gehalten hätte.

Als Festtage begehen die Utopier den ersten und letzten Tag eines jeden Monats und Jahres. Dieses teilen sie in Monate ein, die der Umlauf des Mondes abgrenzt, wie der Kreislauf der Sonne das Jahr rundet. Alle Anfangstage heißen auf utopisch „Cynemerner“ und die Schlußtage „Trapemerner“, was etwa soviel wie Anfangs- und Schlußfeste bedeutet.

Man sieht in Utopien prachtvolle Tempel, die nicht bloß mit großer Kunst gebaut sind, sondern auch eine gewaltige Menschenmenge fassen, was ja bei ihrer geringen Anzahl auch unbedingt notwendig ist. Gleichwohl sind sie alle halbdunkel, und zwar soll das nicht auf mangelhafte Kenntnis in der Baukunst zurückgehen, sondern auf einen Rat der Priester. Nach deren Meinung nämlich lenkt zuviel Licht die Gedanken ab, sparsameres und gleichsam unsicheres Licht dagegen trägt zur Sammlung des Geistes und zur Vertiefung der Andacht bei. Zwar ist in Utopien die Religion nicht überall die gleiche, aber all ihre, wenn auch verschiedenen und vielfältigen Formen kommen trotz Verschiedenheit der Wege in einem einheitlichen Ziele zusammen, in der Verehrung eines göttlichen Wesens. Infolgedessen ist in den Tempeln nichts zu sehen oder zu hören, was nicht für alle Religionsformen ohne Unterschied passend erschiene. Einen seiner Sekte etwa eigentümlichen Brauch vollzieht ein jeder innerhalb seiner vier Wände; den öffentlichen Kult dagegen führt man in einer Form durch, die keiner Religion etwas von ihren Besonderheiten nimmt. Daher ist auch kein Götterbild im Tempel zu sehen, so daß es jedem freisteht, unter welcher Gestalt er sich die Gottheit seinem persönlichen Glauben gemäß vorstellen will. Sie rufen Gott unter keinem besonderen Namen an, sondern nur als Mythras, ein Wort, mit dem sie alle übereinstimmend das eine Wesen göttlicher Majestät bezeichnen, welcher Art es auch sein mag. Die Gebete, die in Utopien abgefaßt werden, sind auch alle derart, daß sich jeder ihrer bedienen kann, ohne gegen seinen persönlichen Glauben zu verstoßen.

Im Tempel kommen die Utopier an den Schlußfesttagen abends zusammen, ohne noch etwas zu sich genommen zu haben, um Gott für den Segen zu danken, den er in dem Jahre oder Monat, dessen letzter Tag dieser Festtag ist, gespendet hat. In der Frühe des nächsten Tages – denn das ist dann ein Anfangsfesttag – strömt das Volk in den Tempeln zusammen, um für das folgende Jahr oder den folgenden Monat, den sie mit dieser Feier beginnen wollen, Glück und Segen zu erbitten. Ehe man aber an den Schlußfesttagen in den Tempel geht, werfen sich daheim die Frauen ihren Männern und die Kinder ihren Eltern zu Füßen und bekennen ihnen ihre Verfehlungen, mag es sich nun um eine Missetat oder um eine mangelhafte Pflichterfüllung handeln, und bitten um Vergebung ihrer Schuld. So wird jedes Wölkchen häuslicher Zwietracht, das etwa aufsteigt, durch solche Abbitte verscheucht, und man nimmt reinen Herzens und unbeschwerten Sinnes am Gottesdienst teil. Man scheut sich nämlich, mit verstörtem Sinn dem Gottesdienst beizuwohnen. Ist man sich deshalb bewußt, Haß oder Zorn gegen jemand zu hegen, so geht man erst dann wieder zum Gottesdienst, wenn man sich versöhnt und von den Leidenschaften gereinigt hat, weil man sonst eine schnelle und schwere Strafe fürchtet. Im Tempel angekommen, gehen die Männer auf die rechte und die Frauen gesondert auf die linke Seite. Dann nehmen sie in der Weise Platz, daß die männlichen Mitglieder eines jeden Hauses vor dem Familienvater sitzen, die Familienmutter aber die Reihe der weiblichen Mitglieder schließt. Auf diese Weise können sämtliche Bewegungen aller Hausgenossen außerhalb des Hauses von denen beobachtet werden, deren Autorität und Zucht sie auch innerhalb des Hauses unterstehen. Ja, die Utopier sehen auch gewissenhaft darauf, daß im Tempel immer ein Jüngerer mit einem Älteren zusammensitzt, damit nicht die Kinder sich selbst überlassen bleiben und sich nicht während des Gottesdienstes kindisch und albern benehmen. Denn gerade in dieser Zeit sollten sie es lernen, fromme Scheu vor den Himmlischen zu hegen, die ja der stärkste und beinahe der einzige Ansporn zur Tugend ist. Wenn die Utopier opfern, so schlachten sie kein Tier, und sie können nicht glauben, daß sich Gott in seiner Güte über Blutvergießen und Morden freut; hat er doch den Lebewesen das Leben zu dem Zwecke geschenkt, daß sie leben. Sie verbrennen Weihrauch und ebenso anderes Räucherwerk; auch stecken sie zahlreiche Wachskerzen auf, nicht als ob sie nicht wüßten, daß das Wesen Gottes dieser Dinge nicht bedarf, ebensowenig wie ja auch der Gebete der Menschen, aber sie finden Gefallen an dieser harmlosen Art Gottesverehrung, und die Menschen fühlen, daß diese Düfte, Lichter und sonstigen Feierlichkeiten sie irgendwie innerlich aufrichten und zur Verehrung Gottes freudiger stimmen. Im Tempel trägt das Volk weiße Gewänder, der Priester dagegen buntfarbige, die nach Arbeit und Form Bewunderung verdienen; nur ist der Stoff nicht ebenso wertvoll. Die Gewänder sind nämlich nicht mit Gold gestickt oder mit seltenen Steinen besetzt, sondern aus einzelnen Vogelfedern so geschickt und kunstvoll gearbeitet, daß auch der kostbarste Stoff dieser Arbeit an Wert nicht gleichkommen würde. Wie es außerdem heißt, sind in jenen Schwung- und Flaumfedern sowie in ihrer bestimmten Anordnung, durch die sie auf dem Priestergewande unterschieden werden, gewisse geheime Mysterien verborgen. Ihre Auslegung ist den Priestern bekannt und wird von ihnen gewissenhaft weiter überliefert; die Menschen sollen dadurch an die Wohltaten erinnert werden, die ihnen Gott erweist, an den Dank, den sie ihm dafür schulden, und an die Pflichten, die sie gegenseitig zu erfüllen haben.

Sobald sich der Priester in diesem Ornat vor dem Allerheiligsten zeigt, werfen sich alle sofort voll Ehrfurcht zu Boden unter so allgemeinem und tiefen Schweigen, daß schon der bloße Anblick dieses Vorgangs eine Art Schauer einflößt, als wenn eine Gottheit zugegen wäre. Sie bleiben eine Weile liegen und erheben sich erst, wenn ihnen der Priester ein Zeichen gibt. Dann singen sie Gott zu Ehren Hymnen, wozu sie zwischendurch auf Musikinstrumenten spielen. Diese haben zu einem großen Teile eine andere Gestalt als die, die man in unserem Erdteil zu sehen bekommt. Die meisten von ihnen übertreffen zwar die bei uns gebräuchlichen wesentlich an Wohlklang, doch sind einige mit den unsrigen nicht einmal zu vergleichen. In einer Beziehung jedoch sind uns die Utopier unzweifelhaft weit voraus, darin nämlich, daß all ihre Musik, und zwar die Instrumentalmusik ebenso wie die Vokalmusik, die natürlichen Seelenzustände deutlich nachahmt und widerspiegelt, daß der Klang sich dem Inhalt des Musikstückes treffend anpaßt, mag es sich um Worte eines

Betenden oder um den Ausdruck der Freude, der Sanftmut, der Aufregung, der Trauer oder des Zornes handeln, und daß die Art der Melodie den Sinn eines jeden Textes so lebendig veranschaulicht, daß sie die Herzen der Zuhörer in wunderbarer Weise ergreift, erschüttert und entflammt. Zuletzt sprechen Priester und Volk zusammen feierliche Gebete in bestimmten Fassungen, die so gehalten sind, daß jeder einzelne auf sich beziehen kann, was alle zusammen hersagen. In diesen Gebeten ruft sich jeder Gott als den Schöpfer und Lenker des Weltalls und als den Geber all der anderen Güter wieder ins Gedächtnis, dankt ihm für die zahllosen Wohltaten, die er empfangen hat, besonders aber dafür, daß ihn Gottes Güte und Gnade im glücklichsten Staat leben und an einer Religion teilnehmen läßt, die, wie er hofft, der Wahrheit am nächsten kommt. Sollte er sich darin irren oder sollte es einen besseren Staat oder eine bessere Religion geben, die auch Gott genehmer wäre, so bitte er darum, seine Güte möge es ihn erkennen lassen; er wolle ihm bereitwillig folgen, wohin er ihn auch führe. Sollte aber diese Staatsform die beste und seine Religionsauffassung die richtigste sein, so möge ihm Gott Beständigkeit verleihen und die anderen Menschen alle zu denselben Lebensgrundsätzen und zu derselben Vorstellung von Gott bekehren, falls er nicht in seinem unerforschlichen Willen auch an dieser Mannigfaltigkeit der Bekenntnisse Gefallen finde. Endlich bittet er noch darum, Gott möge ihn nach einem leichten Tode in sein Reich aufnehmen; wie bald oder wie spät, das wage er nicht im voraus zu bestimmen. Immerhin werde es ihm, soweit es ohne Verletzung der göttlichen Majestät möglich sei, viel lieber sein, auch den schwersten Tod zu erleiden, um eher zu Gott zu kommen, als durch das glücklichste Leben länger von ihm ferngehalten zu werden. Nach diesem Gebet werfen sich alle abermals zu Boden und erheben sich bald darauf wieder, um zum Essen zu gehen; den Rest des Tages verbringen sie mit Spielen und militärischer Ausbildung.

Ich habe euch so wahrheitsgemäß wie möglich die Form dieses Staates beschrieben, den ich bestimmt nicht nur für den besten, sondern auch für den einzigen halte, der mit vollem Recht die Bezeichnung „Gemeinwesen“

für sich beanspruchen darf. Wenn man nämlich anderswo von Gemeinwohl spricht, hat man überall nur sein persönliches Wohl im Auge; hier, in Utopien, dagegen, wo es kein Privateigentum gibt, kümmert man sich ernstlich nur um das Interesse der Allgemeinheit, und beide Male geschieht es mit Fug und Recht. Denn wie wenige in anderen Ländern wissen nicht, daß sie trotz noch so großer Blüte ihres Staates Hungers sterben würden, wenn sie nicht auf einen Sondernutzen bedacht wären! Und deshalb zwingt sie die Not, eher an sich als an ihr Volk, das heißt an andere, zu denken. Dagegen hier, in Utopien, wo alles allen gehört, ist jeder ohne Zweifel fest davon überzeugt, daß niemand etwas für seinen Privatbedarf vermissen wird, wofern nur dafür gesorgt wird, daß die staatlichen Speicher gefüllt sind. Denn hier werden die Güter reichlich verteilt, und es gibt keine Armen und keine Bettler, und obgleich niemand etwas besitzt, sind doch alle reich. Könnte es nämlich einen größeren Reichtum geben, als völlig frei von jeder Sorge, heiteren Sinnes und ruhigen Herzens zu leben, nicht um seinen eigenen Lebensunterhalt ängstlich besorgt, nicht gequält von der Geldforderung der jammernden Gattin, ohne Furcht, der Sohn könne in Not geraten, ohne Angst und Bange um die Mitgift der Tochter, sondern unbesorgt um den eigenen Lebensunterhalt und um den der Seinen, der Gattin, der Söhne, der Enkel, Urenkel und Ururenkel und der ganzen Reihe von Nachkommen, so lang, wie sie ein Ehrenmann erwartet? Ja, diese Fürsorge erstreckt sich sogar in demselben Umfange auf die, die früher gearbeitet haben, jetzt aber nicht mehr dazu imstande sind, wie auf die, die jetzt noch arbeiten. Da wünschte ich, es wagte jemand, mit dieser Billigkeit die Gerechtigkeit anderer Völker zu vergleichen, und ich will des Todes sein, wenn ich bei ihnen auch nur die geringste Spur von Gerechtigkeit und Billigkeit finde! Oder ist das etwa Gerechtigkeit, wenn jeder beliebige Edelmann oder Goldschmied oder Wucherer oder schließlich irgendein anderer von denen, die entweder überhaupt nichts tun oder deren Tätigkeit für den Staat nicht dringend notwendig ist, ein prächtiges und glänzendes Leben führen darf auf Grund eines Verdienstes, den ihm sein Nichtstun oder seine überflüssige Tätigkeit einbringt, während zu gleicher Zeit der Tagelöhner, der Fuhrmann, der Schmied und der Bauer mit seiner harten und ununterbrochenen Arbeit, wie sie kaum ein Zugtier aushalten würde, die aber so unentbehrlich ist, daß ohne sie kein Gemeinwesen auch nicht ein Jahr bloß auskommen könnte, einen nur so geringen Lebensunterhalt verdient und ein so elendes Leben führt, daß einem die Lage der Zugochsen weit besser vorkommen könnte, weil sie nicht so dauernd arbeiten müssen, weil ihre Nahrung nicht viel schlechter ist und ihnen sogar besser schmeckt und weil sie bei alledem wegen der Zukunft keine Angst zu haben brauchen? Aber diese Menschen quält eine erfolglose und undankbare Arbeit in der Gegenwart, auch peinigt sie der Gedanke an ein hilfloses Alter. Denn wenn ihr täglicher Verdienst zu kärglich ist, um auch nur für denselben Tag auszureichen, kann auf keinen Fall etwas herausspringen und übrigbleiben, um täglich für die Verwendung im Alter zurückgelegt zu werden. Ist das nicht eine ungerechte und undankbare Gemeinschaft, die den sogenannten Edelleuten, den Goldschmieden und den übrigen Leuten dieser Art, die weiter nichts als Müßiggänger oder Schmarotzer sind und nur unnütze Luxusdinge herstellen, in so verschwenderischer Weise ihre Gunst bezeugt, die dagegen für die Bauern, Köhler, Tagelöhner, Fuhrleute und Schmiede, ohne die überhaupt kein Staat bestehen könnte, in keinerlei Weise sorgt? Sie nutzt die Arbeitskraft ihrer besten Lebensjahre aus und vergilt ihnen dann, wenn sie schließlich, von Alter und Krankheit beschwert, an allem Mangel leiden, auf höchst undankbare Weise, indem sie sie, uneingedenk so vieler Nächte, die sie durchwacht, und so vieler und wichtiger Dienste, die sie geleistet haben, auf ganz elende Weise sterben läßt. Was soll man gar noch dazu sagen, daß die Reichen Tag für Tag von dem täglichen Verdienst der Armen nicht nur durch privaten Betrug, sondern sogar auf Grund staatlicher Gesetze etwas abzwacken? So haben diese Menschen das, was früher als ungerecht galt: die höchsten Verdienste um den Staat mit dem schnödesten Undank zu lohnen, in seiner Geltung entstellt und sogar noch in Gerechtigkeit verwandelt, indem sie es durch Gesetze sanktionierten. Wenn ich daher alle unsere Staaten, die heute irgendwo in Blüte stehen, im Geiste betrachte und über sie nachdenke, so stoße ich, so wahr mir Gott helfe, einzig und allein auf eine Art Verschwörung der Reichen, die unter Mißbrauch des Namens- und Rechtstitels eines Staates nur auf ihre persönlichen Interessen bedacht sind. Sie ersinnen und denken sich alle möglichen Mittel und Ränke aus, zunächst, um ihren unrechtmäßig erworbenen Besitz zu behalten, ohne fürchten zu müssen, ihn zu verlieren, und sodann, um sich die angestrengte Arbeit aller Armen so billig wie möglich zu erkaufen und zu ihrem Vorteil zu mißbrauchen. Sobald nun die Reichen erst einmal im Namen des Staates, also auch im Namen der Armen, beschlossen haben, diese Machenschaften durchzuführen, erhalten sie sofort Gesetzeskraft. Aber selbst wenn diese so schlechten Menschen alle diese Güter, die für alle gereicht hätten, in unersättlicher Habgier untereinander aufteilen, wieviel fehlt ihnen trotzdem noch an dem Glück des utopischen Staates! Hier ist mit dem Gebrauch des Geldes selbst zugleich jede Geldgier aus der Welt geschafft. Welch schwere Last von Verdrießlichkeiten ist dadurch abgewälzt, welch reiche Saat von Verbrechen mitsamt der Wurzel ausgerissen! Wer weiß nämlich nicht, daß Betrug, Diebstahl, Raub, Streit, Unruhe, Zank, Aufstand, Mord, Verrat und Giftmischerei, die jetzt durch tägliche Bestrafungen mehr geahndet als eingeschränkt werden, mit der Beseitigung des Geldes absterben müssen und daß außerdem Furcht, Unruhe, Sorgen, Anstrengungen und durchwachte Nächte in demselben Augenblick wie das Geld verschwinden werden? Ja, die Armut selbst, der einzige Zustand, wie es scheint, in dem Geld gebraucht wird, würde augenblicklich abnehmen, wenn man das Geld überall völlig abschaffte. Wenn du dir das noch deutlicher machen willst, mußt du dir einmal ein dürres und unfruchtbares Jahr vorstellen, in dem der Hunger viele Tausende von Menschen dahingerafft hat. Nun behaupte ich ganz bestimmt: hätte man am Ende dieser Hungersnot die Speicher der Reichen durchsucht, so wäre so viel Getreide zu finden gewesen, daß überhaupt niemand jene Ungunst des Wetters und jenen geringen Ertrag des Bodens hätte zu spüren brauchen, wenn man die Vorräte unter die verteilt hätte, die in der Tat Opfer der Abmagerung und Auszehrung geworden sind. So leicht könnte man beschaffen, was man zum Leben braucht, wenn nicht jenes herrliche Geld, ganz offenbar dazu erfunden, den Zugang zum Lebensunterhalt zu erschließen, allein es wäre, das ihn uns verschließt. Das merken ohne Zweifel auch die Reichen, und sie wissen ganz genau, wieviel besser jener Zustand wäre, nichts Notwendiges zu entbehren als an vielerlei Überflüssigem Überfluß zu haben, und wieviel besser es wäre, von so zahlreichen Übeln befreit als von so großem Reichtum beschwert zu sein. Ich mag auch gar nicht daran zweifeln, daß die Sorge für das persönliche Wohl jedes einzelnen oder die Autorität Christi, unseres Heilands, der bei seiner so großen Weisheit wissen mußte, was das Beste sei, und bei seiner so großen Güte nur zu dem raten konnte, was er als das Beste erkannt hatte, die ganze Welt ohne Mühe schon längst für die Gesetze des utopischen Staates gewonnen hätte, wenn nicht eine einzige Bestie, das Haupt und der Ursprung alles Unheils, die Hoffart, dagegen ankämpfte. Sie mißt ihr Glück nicht am eigenen Nutzen, sondern am fremden Unglück. Sie möchte nicht einmal Göttin werden, wenn dann keine Unglücklichen mehr übrigblieben, über die sie herrschen und die sie verhöhnen könnte, im Vergleich zu deren Elend ihr eigenes Glück in besonderem Glanze erstrahlen soll und die sie in ihrer Not durch Entfaltung ihres eigenen Reichtums quälen und aufbringen möchte. Die Hoffart, eine Schlange der Hölle, nistet sich in die Herzen der Menschen ein, hält sie wie ein Hemmschuh zurück und hindert sie, einen besseren Lebensweg einzuschlagen. Dieses Gewürm hat sich zu tief ins Menschenherz eingefressen, als daß es sich ohne Mühe wieder herausreißen ließe. Und deshalb freue ich mich, daß wenigstens den Utopiern diese Staatsform zuteil geworden ist, die ich von Herzen gern überall sehen möchte. Sie haben sich Lebenseinrichtungen geschaffen, mit denen sie das Fundament eines Staates legten, dem nicht nur das höchste Glück, sondern, nach menschlicher Voraussicht wenigstens, auch ewige Dauer beschieden ist. Seitdem sie nämlich im Inneren Ehrgeiz und Parteisucht ebenso wie die anderen Laster mit Stumpf und Stiel ausgerottet haben, droht keine Gefahr mehr, daß sie unter innerem Zwist zu leiden haben, der schon vielfach die alleinige Ursache des Unterganges von Städten gewesen ist, deren Macht und Wohlstand trefflich gesichert war. Solange jedoch die Eintracht im Inneren und die gesunde Verfassung erhalten bleiben, ist der Neid auch aller benachbarten Fürsten nicht imstande, das Reich zu zerrütten oder zu erschüttern, was er vor langer

Zeit zwar schon zu wiederholten Malen, aber immer ohne Erfolg versucht hat.“

Als Raphael mit seinem Bericht zu Ende war, fiel mir gar mancherlei ein, was mir an den Sitten und Gesetzen jenes Volkes überaus sonderbar vorkam, nicht nur an der Art und Weise seiner Kriegführung, an seinem Gottesdienst und seiner Religion und an noch anderen seiner Einrichtungen, sondern auch ganz besonders an dem eigentlichen Fundament seiner ganzen Verfassung, nämlich an seinem gemeinschaftlichen Leben und der gemeinschaftlichen Beschaffung des Lebensunterhalts, und zwar unter Ausschaltung jedes Geldverkehrs. Beseitigt doch schon diese letzte Bestimmung für sich allein von Grund aus jeden Adel, jede Pracht, jeden Glanz, jede Würde, also den der öffentlichen Meinung nach wahren Glanz und Schmuck eines Staates. Ich wußte jedoch, daß Raphael vom Erzählen müde war, und ich war nicht ganz sicher, ob er einen Widerspruch gegen seine Meinung vertragen würde, zumal da ich daran dachte, wie er gewisse Leute deshalb getadelt hatte, weil sie nach seiner Ansicht Angst hatten, nicht für klug genug zu gelten, wenn sie nicht an den Einfällen anderer Leute etwas fänden, woran sie herumzausen könnten. Deshalb lobte ich nur die Verfassung jenes Volkes und die Erzählung Raphaels, nahm ihn bei der Hand und führte ihn ins Haus zum Essen; doch sagte ich vorher noch, wir würden wohl noch ein anderes Mal Zeit finden, über die gleichen Dinge tiefer nachzudenken und uns ausführlicher mit ihm zu unterhalten. Ich wollte nur, es käme noch einmal dazu! Bis dahin kann ich zwar nicht allem zustimmen, was dieser übrigens unbestritten hochgelehrte Mann von reifer Lebenserfahrung gesagt hat, doch gestehe ich ohne weiteres, daß ich sehr vieles von der Verfassung der Utopier in unseren Staaten eingeführt sehen möchte. Allerdings muß ich das wohl mehr wünschen, als daß ich es hoffen dürfte.

Ende.